HeWan

河湾

Psychological

心理

Counseling

咨询室

Room

于玲娜 —— 著

作家出版社

目 录　contents

引 子　　1

引子

　　王梦许这人既不爱冒险，也不喜欢赶时髦，所以当她在梦中突然发现自己置身泰坦尼克号上时，本能地感到不情愿。

　　梦就是这样，她先知道泰坦尼克号正在沉没，然后才看见四周慌乱逃命的男女老少。接着仿佛眼睛可以穿墙而过，来到头等舱，看见贵族们宴饮正酣，商量着哪种葡萄酒最适合用甲板上的碎冰来镇；继而来到末等舱，看到那里的人们踮起脚尖仰起脖子，把口鼻送出水面，争抢着吸进天花板下面十厘米空间内最后的氧气；接着来到客舱楼梯口，穿着体面的人们提着行李箱，握着信用卡，井然有序地排队等待办理升舱手续，心想上面舱位吃到的三文鱼定然不会是假货。

　　梦许拔腿就跑，逆着人流，好像一早知道救生艇在哪里。上了救生艇，本能往外划，要远离身后嘈杂。没多远又放心不下，掉转头来。那边热锅煮饺子一样的水域里，慢慢移过来四个黑影，到了艇边，挨个爬上来，两大两小，大的坐一侧，小的坐另一侧。救生艇开始歪斜，眼看要倾覆，又上来第五个黑影，和她差不多大，默默坐在尾部，救生艇却稳了。

看到艇上已没有座位，她又掉头朝外围划去。可她不知道该去哪儿，风浪也渐渐起来，桨运得辛苦。突然看到不远处有两个亮光，于是奋力朝那边划。在亮一些的地方，她赫然发现自己胸前有一道长长的伤口，血流得满身都是。身后那五个黑影，不知为了什么吵闹起来。再看前面两个亮光，原来是两根插在水里的大蜡烛，烛身上刻着箭头，指向两个不同的方向。

她在一家小旅馆的床上醒来，额头上还有辛苦划桨时沁出的汗珠。她打了个喷嚏，掖了掖被子，闭上眼睛，凭借心理咨询师的职业本能，试着在脑海里还原刚才梦中的场景。回到摇摇晃晃的小艇上，她问自己：现在想干吗呢？回答是，转身问那五个黑影：你们到底在吵什么呢？

五个黑影没有理她，自顾自争吵。梦许这才听清，他们说的是五种不同的语言。

她突然感到不胜其烦，听着那些呓语般的吵闹声沉沉睡去。

河湾咨询室 I

对河湾一带的居民而言，春天是从光树枝上星星点点的玉兰花苞、湿地里的水仙、人行道旁的樱花开始的。草地绿起来，长出小狗和摇摇晃晃的婴儿，成群结队的市民来公园野餐，闹得最凶的是已经换上单衫的年轻人，仿佛春天是为他们而来。

对于王梦许，生活从工作开始，工作从一个空间开始。空间最好是方正的，至少放得下两个沙发，让它们互为镜像，平等相待。最好有窗，窗外最好有蓝天，可以让神思飞出去"自由联想"，又最好有树，四季常绿的，不要一到秋天就枯败，颓丧得让人想自杀——哦，当然，最高不能超过二楼，不能让已经想自杀的人发现原来可以如此轻而易举。

剩下的就是她自己了，这个计件工作的手艺人，所有的工具，就是坐在其中一个沙发里的她自己。

刚入行那几年，她对这个空间的想象，还包括一面白墙，把所有受训证书装进玻璃框里挂上去。但她发现证书越来越多，只要给培训机构交钱报名，保证出勤率就能得到。想象中的那面墙成了笑话，她为此羞愧了一阵子，很快释然，因为她发现这个圈子里到处都是笑话。

有人把花名填在花钱买来的证书上，声称自己是这师那师，会这疗法那疗法，谎报学历和从业时长，做出虚假的治疗承诺，事情搞砸名声搞坏之后，再换一个花名。噢，还有那些男性同行，为了免于被指责和自己的女性来访者谈恋爱有悖职业伦理，直接和她们结婚了！

这些笑话让她感到羞耻。她想掘地三尺，躲到一个还从未有过心理咨询师的地方。

河湾一带人与动物和谐相处的景象吸引了她：天鹅缓缓游过旧旧的小石桥，河马待在水里纹丝不动，只把耳朵和眼睛露出水面，静谧地观察四周；一块石头上，三只甲鱼从大到小叠着罗汉晒太阳——它们和岸上赏春的游人互不干涉，仿佛自古以来就是互为背景的好邻居。

她去查了电话黄页，发现这一带果然还没有心理咨询师，就决定留下来。

一位租房中介阿姨带她穿过河湾公园，绕过一片灌木丛，上了一条窄窄的柏油马路，这里一侧是河边树林，另一侧是一片有些年头的独栋别墅区。

"走到底最后一户就是了。位置符合您的要求，僻静，好找。如果有朋友开车子来，可以直接停在门口。"

眼前一堵一人高的灰黑色围墙，砖面布满蜂窝一样的小孔，像风化的火山岩。墙内的杂木长得溢了出来，因为季节关系，没完全挡住白墙黑瓦。房子瘦瘦窄窄，和刚路过的别墅相比实在寒酸。

中介阿姨摸出钥匙，插进生锈的铁栅栏门锁孔里，来回拧了几下，不开，于是拉着栅栏门猛摇，像要摇醒一个正在做荒唐决定的小姑娘。啪，门开了。栅栏门还在晃动，她就迈进去，利索地上前开房门。

两米见方长了杂木和野草的空地，是所谓"独门小院"；积灰的旧木地板，是所谓"高档装修"；厨房里塞了灶台、油烟机、碗橱之后，只够一人回旋，是所谓"样样都有"。梦许心中的不悦只闪现一瞬就不见了：世界如此她早知道，但心理咨询不可以如此。

"这就是客厅。"中介阿姨去推正前方一扇门。

"客厅朝北？"

"啊，对，正门朝南嘛，二楼的卧室也朝南，早上起来阳光好，又可以看到下面的小花园。"

梦许走进去。方方正正二十来平的房间，门在东南角，没有一件家具。朝北一扇大落地窗，外面一排树篱，隐隐约约能看见邻居家花园的草地。

她伸出手在房间里走来走去，丈量比画，自言自语：

"靠窗两个沙发，中间一只小茶几，对面进门左手一排书架，转角再一排书架，切到一半。书架不能伸到沙发后面，太分散注意力。中间这里横一个写字桌，放笔记本电脑，后面一把转椅。来访者看不到电脑屏幕，如果碰巧没合上的话。坐在转椅里，书架上大部分书都可以伸手够到。上方也许可以挂一盏灯，光线要亮；窗前再放一盏灯。白天这光线，窗帘不用太厚，一层就够了，黄色不错……"

"房租还能便宜点吗？"她突然问。

中介阿姨眉开眼笑："这可是独门独户啊，不能再低了。"

"那就它吧。"

"好啊，说定了。那二楼卧室不看一下吗？"

签好房子已是下午，梦许穿过公园时，看见道边一把木质长椅，不由得驻足。

心理咨询师太需要一个发呆的地方了。像过去那样在市中心的高层写字楼里，工作间歇她能去哪儿呢？见过那些争吵不休的夫妻、备受压抑的孩子，听过那些痛苦迷茫的年轻人讲述他们的童年创伤，之后的她既不可能去旁边商场闲逛，也不可能像附近白领那样去咖啡馆里逗留。潮流家具、优雅服装、精致甜点、拉花咖啡——都和她所见的世界格格不入，而来访者花钱来找她聊天，正是因为已经无法从这些事物中获得多少慰藉。

她只想好好工作，工作间歇能坐在这样一把长椅上，看看被刈过的苇草秆子刚抽出的新绿，今后每次来都会再长长一点——这样她的来访者们也会慢慢好起来的吧，借着这份自然之力。

回家前，她掏出一张自己的名片，插在椅背上一根木条的裂缝中。

河马小姐 **2**

"王大夫您好，我在网上看到了您的心理咨询广告。我最近状态不好，可能是抑郁了。我想也许可以试试心理咨询。简单介绍一下情况吧：我正值青春（具体年龄不便透露），却为自己的身材烦恼。爸妈都说我的身材很正常，可我就是觉得自己胖。春天来了，大家开始出门走动，接着便是夏天，身上的肉在所有场合都会一览无余，除非我又像去年夏天那样待在家里不出门。前几天看到河湾公园游水的天鹅时，我觉得我应该想办法解决这件事了，否则优雅的天鹅们一批批都找到对象了，我还是个宅在家里的老姑娘。

"不知您什么时候方便？可以见面和您谈谈吗？"

自从电子邮件、短信息这类通信方式得到普及，打电话预约咨询的来访者就越来越少了。文字沟通更适合羞怯、敏感、有些社交恐惧的他们，而那些不分时段拨电话过来，大嗓门，语气铿锵有力甚至不容置疑的人，大都是他们的父母。

第二天上午九点半，梦许仓促吃完早饭，收拾好碗碟。九点三十四，认认真真刷了个牙。九点四十一，开门出去，拉开栅栏门，用一块石头挡住，清理了邮箱里的广告纸，再次确认新装的白色门铃可以按响。九点四十三，从门口慢慢走进咨询室，再次确认一路上目力所及之处都已打扫干净，没有惹眼的物件。九点四十七，再次确认两个沙发之间的角度是 120 度，干净的茶几摆在中间，上面放着纸巾盒、小座钟。九点四十八，拉好窗帘，坐在来访者的沙发上，再次确认光线没有让人不适，再次确认纸巾盒可以轻松够到，再次确认小座钟的钟盘并不在视野中心，但一扭头就可以看清时间。九点四十九，换到咨询师的沙发上，再次确认光线舒适，小座钟的钟盘并不在视野中心，但一扭头就可以看清时间。九点五十，进洗手间上一次厕所，洗完手看镜子，再次确认自己的仪容打扮中性朴素简洁，没有容易分散注意力的地方。九点五十五，一切准备就绪，坐进咨询师沙发里，闭目养神。

她等待的门铃声准时响起。开门，上午的阳光意外地没有扑面而来——一堵褐色的墙站在外面。

“您好！请问您是王梦许大夫吗？”

河马小姐花了三分钟安排身上的肉，总算挤过两道门，进入咨询室。身后的梦许看着木质门框上被磨掉了漆的地方，想起教她咨询技术的周老师的一句话：“来访者带着他们身上的麻烦走进咨询室，坐到咨询师面前，其实是一件非常不容易的事。”

非常不容易的事是两件。河马小姐从她粉色的手袋里掏出一条粉色的手帕，擦拭着脸上的汗水，一面自然地踱到沙发前，转身准备坐下。半边屁股刚挨到沙发上，房间里就响起一声清脆的“嘎吱——”

"我的新沙发！"刚落座的梦许弹跳起来，内心惊叫道。随即故作镇定：

"你没事吧？"

河马小姐尴尬极了，脸从土褐色变成了红褐色：

"您看，我总是遇到这样的事，因为胖，给别人带来很多麻烦，老让人嫌弃……"

梦许叹了口气，说：

"如果你不嫌弃的话，就坐地上吧。"转身从写字桌抽屉里拿出一块给小婴儿爬的布垫子，铺在沙发前的地板上，又把沙发靠垫拿下来立着，这样河马小姐可以坐在地上，微微倚靠着沙发——希望她是"微微地"。她第一次发现，坐在地上的成年母河马，还是比坐在沙发上的自己高出一头。

"我有时很怀疑，这世上到底还有没有容得下我的地方。去餐厅要进包厢，还得让服务员把桌子挪远，哪怕我只想吃一盆蔬菜沙拉；去看电影得买两张票，坐情侣座，黑暗中左右一片吧唧作响；乘公交车只能坐最后一排正中；搭电梯得上货梯；去河湾公园散步都得找人少的时候，否则光我自己就把路堵死了……"

河马小姐突然停下，仿佛在犹豫要不要说"就连来心理咨询，都坐不进座位里"。

梦许连忙接过话茬：

"你是……从什么时候开始这样的？"

"爸妈说我生下来就是这个样子，只是从 S 号慢慢变成了 XL 号，而我的 S 号，已经是其他动物的 XXXL 号了。遗传，你知道吧？肥胖会遗传，嘴大会遗传，龅牙也会遗传，所以我是现在这德性。记得小时候第一天去河湾湿地小学上学，班里有只漂亮的小松鼠。第一堂课结束，她就和几个女同学聚在一起，抚弄着自己毛茸茸的大尾巴，远远地瞟着我说：瞧那小胖墩儿，嘴巴海大，一张开还有俩龅牙，真不知道她是吃什么长大的。其他同学听了都咯咯直笑。

"谁也不愿和我做朋友，没几天我就不去学校了。爸妈说，我们河马生活在水里，以吃水草为生，不上学也不要紧，照样有吃有喝。所以我就在家待了好多年。爸妈都比我胖，家里各种生活用品都是定制的特大号，和他们生活在一起，我也没觉得多难受。"

她停了停，叹了口气：

"可是春天来了。又来了。我最讨厌春天。天鹅姑娘——我们这一带公认最漂亮最优雅的女孩，开始在河里游水了，到哪儿都引得大家驻足赞叹，连你们人类也咔嚓咔嚓拍照。今年我不想再躲在家里了，这样下去，我会一直找不到朋友，找不到对象，等父母过世，我就会成为一只肥胖丑陋的老河马，孤独终老的可怜虫，自己悄悄死去，没有谁来收尸，只有蛆虫对我感兴趣，它们爬到我身上一定高兴极了，就像老鼠掉进米缸里！"

梦许深吸了一口气。

"我想减肥。试过节食，可是没坚持住，很多时候我独自待在家里，没什么事情做。不吃东西，干吗呢？"

"你平时的食量……超过一般成年河马吗？"梦许小心翼翼斟酌措辞。当然不能问"大""小""多""少"，这些词在每个人心中的标准大相径庭，但也不能问具体是多少克，因为她并不知道对河马来说多大食量算正常——这个问题只能抛给河马小姐了。

"和爸妈差不多吧。我零食吃得多，正餐吃得少。爸妈说我只是缺乏运动，所以有点发福——真不喜欢这个词，我的生活有什么'福'可言呢？"

梦许正准备表示同情。河马小姐突然扭着手指，直勾勾地看着她，试探地问道：

"王大夫，您觉得我胖吗？"

想到磨损的门框和坏掉的沙发，梦许内心一阵慌乱。她想了想说：

"你们河马当然比其他动物块头更大些，但我自己并没有见过多少河马，所以很难说你在河马中算不算胖。"

"哎，想必您如果见到其他河马，一定会觉得我在河马中间也是一只胖河马。"

梦许意识到自己走岔了，试图回到正轨：

"是什么让你想问我这个问题呢？"

"唔……心理咨询师不是号称客观中立嘛。爸妈是从来不说我胖的，但我很怀疑他们只是在安慰我。问您，就是想听一个客观中立的看法。"

梦许蒙了一下，河马小姐期待的目光让她如坐针毡。她搜肠刮肚了几秒，说：

"是不是当你问我这个问题时，一部分的你觉得自己的确有点胖，但另一部分的你仍抱有希望，希望有个声音告诉你，你其实并不胖？或者希望找到一些证据，证明自己的确不胖？"

河马小姐沉默地看着地板，眼眶渐渐湿了。她伸手要去够茶几上的纸巾——太远了。梦许本能地站起来，把纸巾盒递给她。耳边响起周老师的话："纸巾最好放在来访者够得到的地方，让他自己拿，而不要由咨询师递给他。"梦许在心中感叹："你一定没想到有些来访者手臂和躯干的长度比例和人类完全不一样吧。"

河马小姐抽出一张纸巾，发现不足以同时盖住她的两个鼻孔，只好又抽一张，左右手各拿一张掩住一个鼻孔，轻轻擤了擤鼻涕。

咨询结束时，梦许向河马小姐简单介绍了设置：一周一次、怎样付费、迟到怎么处理、请假提前多久、咨询协议怎样签署、保密原则和保密例外……河马小姐有些心不在焉，只淡淡地表示知道了，下周还会再来。

起身时，河马小姐瞟了一眼小座钟："好像已经超时了。真抱歉耽误您这么多时间。"

梦许说："进门和出门的时间是不算在咨询时间里的，因为在这段时间里我没有给你提供任何服务。不过以后你可以稍微提前一会儿来，这样我们就能准时开始了。"

话一出口，她就觉得有点不妙。果然，河马小姐两片宽大的肩膀蹙缩起来，一边往外走，一边紧张地说：

"啊是的，我进门出门都要费好大工夫，耽误了您不少时间，实在对不起。"

梦许的肩膀也忍不住缩了一下，想不出什么话来缓解双方的紧张，只能干巴巴道：

"哪里哪里，这并不是你的错。"

河马小姐没再说话，垂着脑袋，浑身上下默默使着蛮力，赌气似的和两侧门框搏斗。一时间，只听得见粗糙皮肤摩擦木板的涩响。功夫不负有心人，河马小姐出门花的时间比进门时短了不少，但那一分多钟，还是让梦许尴尬得直想转身跳窗逃走。

但她还得假装若无其事站在原地。如周老师所说：心理咨询师收那么多钱的一个重要原因，就是为了承受这种种不适。

"可现在已经过了咨询时间啊！"梦许心中怨道。

3
蛤蟆先生

送走河马小姐，梦许查看了门框磨损的部分，又把沙发放倒，发现一根横木已经断裂，粘连在一起，勉强可以支撑。她把沙发翻回来，坐进去试了试：还行，以她的体重。随即把坏掉的沙发和咨询师位置上的沙发调换了一下。

电话响了。

"喂，您好，请问王……王医生在吗？"对方嗓音洪亮，语气却羞怯小心。

梦许本想说那套说过不知多少遍几乎可以自动播放的解释："我不是医生，我只是心理咨询师。心理咨询师和医生不一样，我们没有处方权，不能开药，只靠说话的。"忽又觉得对方可能只是推销理财产品，自己主动解释那么多反显得奇怪。

"啊，那个……我是。"

"咳咳，王医生您好。那个，我看到了您的广告。是这样的，我有点事情，可能需要和您谈谈……"

次日下午，梦许有些紧张地坐在沙发里，一面等待一面轻颠屁股，想知道如果咨询过程中她因为惊讶或别的情绪上上下下，坏掉的沙发能否承受。同时又担心，如果这位来访者也是个胖子——啊！她拍了下脑袋：不应该用这个词，带有偏见！

约定的时间已经过了五分钟，屋外还没有动静。有的来访者会找不到门牌号，有的会在门口犹豫徘徊很久才进来。梦许决定出去看看。

打开门，外面并没有人。东张西望间，脚下突然传来一个响亮的声音：

"王医生吗？王医生您好。"

梦许吓了一跳：地上站着只穿礼服、戴礼帽的青蛙。不，尽管他精心掩饰，但从脖子和袖口露出的皮肤来看，应该是只癞蛤蟆。

蛤蟆先生摘下帽子，伸着脖子鞠躬道："您好，我是来做心理咨询的。您这里的门铃太高了，我怎么也够不到，就先在外面等了一会儿。"

"不好意思，我没有考虑周全。下次有类似情况，你可以直接给我打电话。"

"我也想过。不过我担心会打扰到您。万一您的前一位访客还没结束之类的。"

梦许把蛤蟆先生领进咨询室。他四肢并用，扒着沙发套爬上去，走到正中央，靠着靠垫坐下，把礼帽放在肚子上，仿佛要遮盖肥嘟嘟的肚腩，随即长舒一口气。

梦许也长舒了一口气：沙发不会有事了。

"王医生，我来找您，是为了我的相思病。"

梦许忍不住蹙眉：蛤蟆喜欢上的，不会是……

"我爱慕一位姑娘，她美丽、纯洁、优雅、大方。我爱慕了她很久。我们生长在同一片湿地里，也许算不上青梅竹马，但我很小的时候就认识她。那时她还是一只浑身灰不溜秋的小雏鸟，而我是一只淘气的小蛤蟆。一次，我远远看见她甩着小屁股欢欢喜喜游过来，就躲进草丛，趁她不备突然跳出来，把她吓得尖叫，扑棱着小翅膀慌慌张张逃走了。——当时我就觉得，也许和她有点什么缘分。

"她们家每年秋天会飞到南方，开春又飞回来。几周前，一大家子回来时，我发现她不见了，却多出一个亭亭玉立、浑身洁白如雪的成员。那些亲戚都在叽叽喳喳和邻居谈论南方的见闻，她却静静待在角落里，梳理着羽毛，不时瞟一眼水中倒影，仿佛为自己突然变得那么迷人、让周围男士们心旌荡漾感到不好意思。

"当时我躲在草丛里做了几十次深呼吸，想象列祖列宗在身后加持，才鼓足勇气上前跟她打了个招呼。'嘿，你回来啦！好久不见。我正在找王八家的小七，路过这里。他妈喊他回家吃饭。你有没有看见王八家的小七啊？'她好像完全不记得去年发生的事，脑袋朝侧面微微一垂，长长的脖颈弯曲成弧形，说：'王八家的小七？我不认识他。'我就说：'哦，那我走了，谢谢你，拜拜。'完了一头扎进水里逃走，仿佛做了什么丢人现眼的事。"

"她真的是天鹅？"梦许忍不住脱口而出，立刻有点后悔。

蛤蟆先生突然泄了气："哎，大家这么问时，脑子里想的总是那句话：癞蛤蟆想吃……"说着有点哽咽起来。

梦许发现，如果蛤蟆先生要拿到纸巾，得起身爬上沙发扶手，再跳上小茶几。

她立即拿过纸巾盒，放在沙发上离蛤蟆先生不远的地方，心想已经连续两次咨询不能谨遵周老师教诲了。

"谢谢。"蛤蟆先生伸出长蹼的手，温柔地抽出一张纸巾。纸巾对他而言太大，他用一角擦鼻涕，剩下的部分像条毯子一样盖在身上。

他平静下来，沉默着，仿佛不知道该说什么了。梦许只好打破僵局：

"对不起，我只是想确认一下，因为自古以来，一直有蛤蟆爱上天鹅的传言。"

蛤蟆先生用礼帽挡住脸，半张纸巾在圆鼓鼓的肚子上颤动。他带着哭腔道：

"河湾湿地一直流传一个段子：你知道为什么蛤蟆家族都结婚晚吗？因为他们不仅自己长得丑，还嫌别的蛤蟆丑。"

梦许抖了一下——她被逗笑了，努力假装只是有点吃惊。

蛤蟆先生吸了吸鼻子：

"这的确是我们家族的悲剧，你们心理学把这叫作'代际遗传'对吧？我的父亲、祖父、曾祖父、高祖父——每位祖先都在年轻时爱上一只天鹅，却不能如愿以偿，到了不得不结婚的年纪，娶了一只母蛤蟆。"

梦许有些不适：所以母蛤蟆们的代际遗传悲剧是什么呢？每一代母蛤蟆都是备胎，是公蛤蟆向生活妥协时不得已的选择？即便在自己儿子眼里也是低等的？

"注意到她的当然不止我一个。好多雄天鹅也老围着她转。等我心爱的姑娘挑中其中一个，我就真没机会了……王医生，心理学能帮我扭转这个代际遗传吗？这样的命运，有可能在我这一代得到改变吗？"

"嗯……那你觉得，怎样算是改变了这种命运呢？"

"能娶到天鹅姑娘。"

蛤蟆先生的眼神在希望和绝望之间忽闪。梦许觉得作为咨询师，自己有责任打破这种尴尬推进对话，但其中有种易碎的东西，她还没想好怎样保护它。

"不可能。"

"王医生……"蛤蟆先生好像又要哭了。

"心理咨询没办法安排你的命运。"

她听到蛤蟆先生吸了口气，继续道：

"心理咨询只能帮你探索你为什么会有这样的命运，是什么决定了它，又是什么让你受制于它。顺利的情况下，当你清晰地了解了这一切，就能做出新的选择。"

"我不太明白，医生。我想做的就是摆脱家族命运，和天鹅姑娘结婚。是什么阻碍我不能做出这样的选择呢？当然就是……您瞧……"蛤蟆先生的声音越来越小，"我个子那么矮，而且，长得那么……"

梦许暗暗翻了个白眼：你以为成为高富帅就能赢得所有女人吗？那女人是什么？都是势利鬼吗？她们没有自己的意志和偏好吗？

"我的意思是，"她字斟句酌道，"为什么你的家族会有这样的命运呢？为什么每一位先人都陷入这种单相思呢？也许我们得先弄清楚这个问题。"

"这不是显而易见吗？"蛤蟆先生有些不快，"爱美之心人皆有之，你们人类的男士难道不会爱上漂亮优雅的女士吗？不想娶这样的女士为妻吗？几千年来你们人类不同文化、种族积累起的无数爱情故事，很多不都是在讲怎样娶到一位美丽优雅的女士吗？"

"嗯。可是人类男性想娶的是美丽优雅的人类女性，而不是美丽优雅的别的物种啊。"

"啊——您的意思是我应该娶一位美丽优雅的母蛤蟆对吧？可世上有美丽优雅的母蛤蟆么？您能找一只给我看看吗？"

梦许被问住了。

"说白了，您心里想的和大家一样吧：癞蛤蟆想吃……"

周老师的叮嘱又在脑中响起："千万不要和来访者陷入争论，通常都没有好结果。"

"我不是那个意思，"梦许决定换一个角度，"每个生命当然都有权喜欢其他任何一个生命，这种情感应该受到尊重，而不是被嘲笑。"

空气总算有些松弛下来。

"但是，说到婚姻，那是双方的事，你能不能和对方结婚，一半取决于你愿不愿意，另一半则取决于对方愿不愿意。不论你做得多好，最多只能影响这件事的 50%。"

蛤蟆先生想了想说："那么，您有什么建议可以给我吗？比如怎样变得更有魅力，可以追到天鹅小姐。"

"我不知道怎么做可以追到她，但从你告诉我的来看，现在似乎有一个因素，阻碍了你大大方方地追求她。"

"是什么？"

"你好像有些自卑。"

"自卑？不太明白。"

"就是，你好像一开始就认定自己……"梦许脑子飞快旋转，思索怎样绕过"丑"这个字，"不是很有魅力，不能像那些雄天鹅一样大大方方地追求她。"

蛤蟆先生似乎察觉到了，拉高嗓门道："王医生！什么叫'不是很有魅力'！也许您是出于好意，不想让我受伤，可您用这些避重就轻的语言，能帮我解决问题吗？我长得这么……要多有自信才能像别的天鹅、注意是天鹅！——那样大大方方地追求她？"

他顿了顿，似乎有些胆怯，还是鼓起勇气道：

"问您一个也许显得尖锐的问题：以您的长相，在我看来算是人类女性中相貌平平的长相，如果您喜欢上一位英俊的男士，一位万人迷，请问，您能大大方方追求他吗？"

梦许两根眉毛朝中间拧，嘴唇紧闭。一句心里话不知怎的从嘴里溜出来，她才意识到自己绷不住了：

"是啊，也许我不能，也许我会告诉自己：放弃得了。"

"所以说！"蛤蟆先生激动起来，"您也许是心理方面的专家，可是您不懂爱情！根本不懂！"

他停了停，眼里闪烁着泪光，严肃道：

"爱情，就是那个你不可能放弃的东西！"

梦许浑身一阵撕裂感。她偷瞄了一眼小座钟，还有三分钟。

仿佛一个因为警察统计失误而被提前释放的罪犯，她强忍着不要喜形于色，转开了话题：

"你说的这些都有道理。可是今天时间不多了，心理咨询也不是一次可以解决问题的。结束之前我还要花点时间和你谈谈咨询设置，所以刚才的话题我们下次再接着谈，好吗？"

4 熊猫爷爷

晚上睡觉前，梦许最后一次查看电子邮箱。偶尔会有来访者在夜晚感性的时候发来大段肺腑之言。她从来不回，他们也知道她不会回，但她觉得，他们发完邮件可能会反复刷新，如果收到了她的"已读回执"，也许就能安心上床睡觉。

一封名为"预约咨询"的新邮件出现在邮箱里。

王梦许咨询师您好。

听说您刚搬到河湾社区，恭贺乔迁。

我们这里有位老者，最近心理状况令人担忧，初步判断可能是抑郁症，不知这样的来访者您可以接待吗？他年纪较大，行动不便，我们会每次用专车接送。由于他身份特殊，请您务必遵守保密原则，不要对外透露他做心理咨询的事。

盼复。

河湾濒危动物园

"我不喜欢晚上出门。"熊猫先生在对面沙发里一动不动坐了好几分钟才开口，声音低沉嘶哑。他脸上毛发浓郁，但已不再那么黑白分明，像是蒙了层灰，表情更加隐秘难辨。

"黑漆漆的只会让我感觉更糟。我本想约在天气晴好的上午，实在不行下午，虽然容易犯困。可动物园坚持安排在晚上，这样就不会被人看到了。"

"为什么不能被人看到呢？"

"年轻人，我已经四十岁了。"熊猫先生仿佛耐着性子教导不谙事理的后辈，"我是人类有记载以来活得最长的熊猫，我的年龄相当于你们人类的一百二十岁。"他停了停又说：

"不过，我活那么久并不是我自己决定的。你听说过'葆庆春'吗？"

"好像是家制药企业？"

"对，专门生产延年益寿的保健品，让我这种老不死的多苟延残喘一阵。"

熊猫先生伸出手掌，仔细审视上面的皱纹。

"我年轻时忙于配种，有过许多露水情人，她们怀孕的时候就是我和她们分手的时候。世界各地好多动物园里都有我的子孙。你们人类的男性可能会羡慕我。对我来说，这只是一份劳役。人们称我为'熊猫爷爷'，但我其实就是个性工作者。

"十五年前我终于退休了——不是像你们人类那样到了退休年龄，或攒够了工龄，而是因为干不动了。我以为终于可以安享晚年，'葆庆春'却找到我，让我做他们的产品代言。我每天都服用他们的产品，服用加注射。每个季度要拍一次广告，很多观众都认识我。野外熊猫的寿命一般只有二十岁，圈养熊猫最多能活到三十岁，我却已经四十岁了。想象一下观众每次看到新一版的广告会说什么：'那老不死的熊猫祖宗还活着呀，嘿，还在那儿打篮球！要不咱也买点儿葆庆春喝喝？'

"其实电视里打篮球的熊猫、滑雪的熊猫、登上珠峰的熊猫都不是我。我老了，只能坐在动物园里，细嚼慢咽最嫩的竹叶，晒晒太阳，抠抠脚掌上的死皮。他们来拍一拍我的脸，拿去做剪辑。"

熊猫先生双手搓了搓脸，转过来看着梦许。他那两片向下撇的黑眼圈，显得疲惫而忧伤，和此刻的氛围很搭——可是，梦许突然想，所有熊猫终其一生不都是这个表情吗？

"我没有选择，这一生从来没有过。不能选择住在哪个动物园，不能选择跟哪只母熊猫做爱，不能选择让我的孩子留在身边。连我的肠胃也只能适应一种食物，没有其他选择。我甚至不能死。葆庆春现在已经是家上市公司，行业老大，作为他们的形象代言，我的身价少说几千万，可没有一分钱属于我自己。

"我每天不怎么活动，食量也越来越小，他们怕我得了抑郁症。可我老了，我能干吗呢？你们人类一百二十岁的老头子比我活跃多少呢？他们接受不了。他们带我去马戏团看表演，去河湾公园看广场舞，去游乐场坐旋转木马，有时参加产品推广活动，在舞台上做些简单的动作，吧唧吧唧嘴假装在说话——有年轻的熊猫帮我配音，然后接受纷至沓来的赞许、鲜花和掌声……总之他们想尽办法帮我恢复活力。可我老了。我只是在渐渐老去，一个纯粹的自然现象，会让这家大公司的股票应声跌落，想到这儿你们人类就接受不了了，伟大的人类，自豪的人类，哼？"

梦许深深叹了口气。

"你看，他们连心理咨询这种时髦玩意儿都用上了。我需要心理咨询吗？我只需要他们别折腾我，让我该吃吃，该喝喝，该死死。你们人类才需要心理咨询。你们为什么那么怕死呢？生物演化的亿万年间，这件事发生过无数次，在可预见的将来，还会发生无数次。你们的恐惧从何而来？为什么你们不好好反思自己的恐惧，却把辛苦挣的钱付给葆庆春这样的企业，就为购买一种仿佛自己不会死的幻觉？还要拉上我，一个替你们人类劳动了一辈子的老家伙！"

梦许不自觉地往后缩了缩，小心翼翼道：

"听起来您挺生气的。"

"当然生气，年轻人！我需要你来告诉我我挺生气吗？你觉得我连自己生气都不知道吗？托葆庆春的福，我可没有老年痴呆！"

梦许仿佛脑袋上被狠狠敲了一下：不是所有来访者都愿意被共情。

熊猫先生似乎感觉到她心中蠢蠢欲动的疑问：

"我坐在这里干什么？你觉得我是坐在这里干什么？这么大把年纪，要在不舒服的时间，折腾到一个不舒服的地方，还要待够五十分钟，为了什么？就是为了让那帮贪得无厌的混蛋今晚能睡个安稳觉！"

梦许开始觉得自己像暴风雨中的一尊船艏像，浑身不适却无法动弹。可她又为什么坐在这里呢？被安置在这艘耀武扬威准备征服世界的巨轮的最前端？——为了那点咨询费，为了付这所让对方一分钟也不愿意多待的房子的房租！

算了吧。她深吸一口气，娓娓道：

"我得和您说明一下，心理咨询有效的前提，是当事人自愿前来。如果是迫于周围人的压力勉强来做，是很难有效果的。"

"我知道不会有效！"熊猫先生嗓门大起来，"我本来就没有心理问题，哪里来的效果不效果！"

"我是说，您如果认定这件事对您毫无意义，为什么今天还要过来呢？以后我们的咨询又怎么进行下去呢？"

"年轻人啊，天真的年轻人，你让我想起了当年刚开始过上配种生活的自己。那时的我以为自己是世上最幸运的家伙，不用觅食谋生，不用忍饥挨饿，不用吹风淋雨，吃喝拉撒有人伺候，年轻的母熊猫一个接一个。现在看来真是井底之蛙。让我来告诉你吧，告诉你一点真正有用的东西，不收你的钱。你也会老，等你老的时候能用上。老东西都很脆弱，一不小心就会散架，要仰仗周围人的殷勤善意来生活。只要我还想好好活一天，镜头前要拗造型就拗造型，要微笑就微笑，为什么？因为如果冬天下雨的时候他们不来及时烘干我窝里的草，我就只能在浑身的关节疼痛中煎熬。雨滴啪嗒啪嗒打在屋顶上没一会儿，疼痛就会开始啃噬我的神经。现在猜猜他们几分钟后会进来做烘干。注意，他们的工作是下雨时要做烘干，但没规定多长时间之内。听到雨滴声立刻跑进来，撒泡尿再进来，拉泡尿再进来，还是假模假式把我吃的竹叶一根根洗净、做个精美的摆盘再进来——都没问题，都是好员工。懂了吗年轻人？"

梦许吸进一口凉气。

"至于我们的咨询怎样进行，年轻人，这是你要解决的问题不是吗？收钱的人是你。"

梦许做了两次深呼吸，说：

"好吧，心理咨询的一个基本设置，就是来访者想说什么说什么，可以把脑子里想到的一切都说出来。如果您不介意的话，我们可以这样开始。"

"那么，跟你说的话你都会保密，对吧？"

"没错，不过保密原则有几个例外情况，比如涉及自杀或伤害他人之类。所有保密例外都写在我们的咨询协议——"

"很好。"熊猫先生打断她，"好极了。我这里正好有一千零一个憎恨人类的理由。一个一个讲出来，你不介意吧？"

梦许眯起眼睛，仿佛强风吹来：

"没问题。请说。"

5
长臂猿

周一上午早高峰过后，梦许穿过河湾公园来到车站，坐上巴士。出了城，兜兜转转四五十分钟的山路，下车，上了一条土路，绕过果园，穿过竹林，来到一片山坡，终于看见邮件里提到的那座小木屋。

它像公园里搭给小孩玩的简易木屋的放大版，门廊和外面的空地似是认真收拾打理过。

梦许有些焦渴。看了看表，又等了两分钟，才走上台阶，按下门铃。

门开了，一只长臂猿吊在屋顶的横梁上给她开的门。

"啊，终于来了！好久不见！这地方还好找吧？"

"不难找，就是远了点。"

进到屋里，抬头便见天花板上布满交错的木梁，她的督导就徒手抓在上面来来去去，脚不着地——这是她要搬离繁华之地的另一个理由：离那些可能诟病这层关系的同行远一些。她能想象他们会怎么说：咨询师的成长过程当然需要督导，持续讨论咨询中遇到的困难，随时发现自己可能意识不到的问题——不仅提升职业能力，更重要的是对来访者负责。可是找一只猴子做督导，呵呵，心理咨询可是人类社会最困难的工作之一，它能直立行走了吗就要挑战这个？还做督导了。放着圈里那么多专家教授大咖不找，一定是因为猴子很便宜吧？督一次一根香蕉够不够？督导场地是在树林子里吗？……

"我终究得自己盖一间房子，这样比较舒服。"

长臂猿把她领进咨询室，这里也有两个夹角120度的沙发，小茶几上放着一个座钟和一盒纸巾。沙发是原木的，刷一层淡淡的木蜡油，放了两个旧靠垫。没有其他家具，两侧空荡荡的墙壁上只挂了几张放大冲印的照片，上面不是树木就是森林。

"坐吧。新鲜的橘子要吗？"

"不了，谢谢。"

"榨成汁呢？"

"我就喝水吧。"梦许在离纸巾盒近的沙发上坐下来，下意识伸出手，把纸巾盒推到茶几正中央：没错，就是要告诉你，我们是平等的，别想让我在你这里哭。

长臂猿这次是走进来的，手上端了一杯水，放在她面前：

"怎么样？搬家顺利吗？有新的来访者了吗？"

梦许举起杯子喝了一大口，咂咂嘴：

"算是吧。"

"我很意外你这么快就来找我了。这次的来访者不好搞吧？"

"是'们'，来访者'们'。"

"哦，生意不错嘛。'来访者们'，愿闻其详。"

"我想先问你一个问题。"

"什么？"

梦许朝长臂猿的方向正了正身体，仿佛对120度的夹角很不满意，想以180度面朝他："有没有来访者问过你这类问题：我好不好看？我美不美？我胖不胖？"

"唔……来访者嘛……女朋友——们，倒是经常问。"

梦许白了他一眼，继续道：

"如果问这个问题的来访者，碰巧就是很丑，很胖，那种如果你说他不丑不胖都会觉得昧良心的程度，而且问之前还跟你说'其他人的回答都可能是安慰我，但你们心理咨询师号称客观中立，我问你呢，就是想听到一个客观中立的回答'。这时候，你会怎么回应？"

"是什么样的来访者这样问呢？"

"一头母河马，把我的新沙发都压坏了，问我她胖不胖；一只公蛤蟆，虽然没有直接问我他丑不丑，但也呼之欲出了。"

"是什么让他们想问这个问题呢？"

"母河马胖到没朋友了，宅在家里不出门。公蛤蟆则是因为想追求天鹅姑娘，和俗语里说的一模一样，你知道的。"

"唔……你还没有回答我。是什么让他们想问这个问题呢？"

梦许耸了耸肩："大概……是春天吧。"

"春天？"

"春光灿烂，万物发情，谁不想知道，自己在别人眼里到底打几分呢。"

"哦，那么，"长臂猿撩了一下前额的短毛，"你觉得，我是这座山上最帅的长臂猿吗？"

"得了吧，你眉毛全白了。"

"那是你们人类的观点。"每次说"你们人类"时，他都会挥动长手臂，在空中画一条大大的抛物线，仿佛人类在他眼里就是一群讨厌的苍蝇，而他大手一挥可以把他们全赶走。

"在同类中，我眉毛的颜色相当有光泽，常常引来赞叹。可从你们人类中心主义的审美来看，白色的眉毛太老了，正如在你们看来，河马肥胖臃肿，蛤蟆丑陋不堪。你们人类对自己的观点如此自信，强势输出，以至于河马也觉得自己应该减肥，蛤蟆则觉得自己配不上天鹅。我如果不是因为内心强大，听了你的话，也会觉得自己未老先衰。"

"打住。可别又把督导搞成一场人类中心主义批判大会。如果全人类都觉得河马不胖，蛤蟆不丑，他们当然不必来找我，而我也不用来找你了。可人类不是这样，我也不是一个可以扭转全人类偏见的英雄。我只是个心理咨询师，我做的事情，只是……"

"在一幢可能快要倒塌的大楼上修补墙面的小裂缝。——我记得你这句话，虽然并不赞同。好吧，回到正题——确切地说，回到一分钟前，当我问你我是不是最帅的长臂猿时，你毫不犹豫说出了你认为我不好看的地方。但在来访者面前，却忐忑不安，也许连这样的念头都不敢有。你在担心什么？"

梦许想了一会儿，说：

"有很多不那么重要的原因，比如觉得不得体，不礼貌，关系还不够近，觉得咨询师不应该这样看来访者。但最重要的恐怕是，感受到了某种脆弱的东西。"

"没错。你真是个差劲的咨询师。"

"什么！？"

"你真是个差劲的咨询师。"

"嚯！这样说我的理由是什么？要是说不出让我信服的理由，你就是个差劲的督导！"

长臂猿手掌在空气中一劈，仿佛那里有个西瓜：

"就是这种感觉。你说了无数次我是一个差劲的督导，每次听到我都在想：'也许真是这样，但那又怎样呢？'而当我说你是个差劲的咨询师时，你火冒三丈，好像要和我一决高下。你不能告诉河马小姐她真的很胖，告诉蛤蟆先生他真的很丑，因为你担心这样会毁掉他们心中某种脆弱的东西。——这就是为什么，你可以做他们的咨询师，而我可以做你的督导。"

"真自恋。"

"答对了。这就是教科书上说的'自恋'。他们的自恋，或说自我感，是脆弱的。"

"啊，所以这就是教科书级别的自恋问题。明白了。"

"唔……"长臂猿伸了个懒腰，"当然还有别的，你不介意我可以多说一点，也许在你看来又是人类中心主义批判大会了。"

"说吧。"

长臂猿正色望向她：

"这也是一场尊严的掠夺。人们通过标榜什么是美，让那些不符合这个'美'的标准的生命自惭形秽，由此获得权力，并支配他们。消费主义洪流暂时还没席卷所有动物，否则你会看到河马小姐在吃减肥药，蛤蟆先生在敷面膜。龙卷风刮了有一段时间了，你很幸运处在边缘地带，你需要帮助的只是那些帽子被吹飞的家伙。"

梦许愣了一会儿，出了一口粗气：

"别跟我说这些，我只是一个渺小的心理咨询师，努力工作，挣自己的房租，而已。"

长臂猿扬了扬眉毛：

"嗯。我也只是一个渺小的督导，提供一个背景，供你参考，而已。"

6
杜
鹃
女
士

回来的巴士上，梦许打开手机，又收到一封邮件：

　　王梦许老师您好。

　　冒昧给您写这封信。

　　作为一个很快就要错过生育时机的大龄女性，我有
一些困惑，一定得和谁讨论讨论了。这会影响到我后半
生的选择。不知道您最近有空吗？

　　盼复。

"欢迎前来。"梦许在邮件里回复了时间和设置的简单说明。

　　进门后，她找出工具，回忆着蛤蟆先生的身高，把一个新买
的门铃装在靠近地面的地方。原来的门铃是清亮的"叮咚——"，
新门铃则是低沉的一声"当——"。如果听到的是"当——"，她
将在开门之前微微俯身，把目光转向地面。

　　第二天，到了这位新来访者预约的时间，响起的是一声

"当——"。

开门。一只优雅的小鸟站在地上，身穿黑白横条纹绒线衫，套一件咖啡色外套。

"是王老师吗？"

"是的，请进。"

小鸟微微摇晃着，快步走进咨询室。梦许指给她来访者的沙发，她看了看，拍打翅膀跳上去，来回蹀步，用爪子抓抓这里踩踩那里。沙发布面上的纤维被她的爪子带起来又弹回去，"啪啪啪啪"的响声搅得梦许心烦意乱。

她终于找到满意的位置，身体突然变矮，羽毛降下来盖住了脚踝。

"王老师，我能先问您一个问题吗？"

"可以啊。"

"您有孩子吗？"

"嗯……"

周老师会说"不要回答来访者关于你个人隐私的提问，而要问是什么让她想到这个问题。你有没有孩子对她而言不重要，重要的是她是怎么想象你的"。不过长臂猿可能会说："有的来访者会希望找一个养过孩子的人做咨询师，这样你不妨直接告诉她，尊重她的知情权和选择权。"

犹豫间，梦许瞟到沙发布面上被她挠过的痕迹，脱口而出道："没有。"

"哦。其实我很想知道那是一种什么感觉。"

"什么的感觉？"

"养育自己孩子的感觉，还有，被自己父母养育的感觉。"

"你是说，你不知道被养育是什么感觉？"

"多少知道一些吧。我曾经以为自己知道……"

小鸟欲言又止，等了一会儿重新开口道：

"王老师，我能再问您一个问题吗？"

"当然。"

"内疚是种什么样的情感？唔，我是说，我当然知道它是一种什么情感，但我不明白，为什么很多人不会内疚？好像内疚是种特殊的功能，只存在于少数生命体内？"

"我了解到的和你想的差不多，内疚的确是种相对高级的心理功能，目前看来，不是所有个体都有这种功能。"

"果然是这样啊。"

"能告诉我是什么让你想问这些问题吗？"

小鸟垂下眼皮沉默了一会儿，睁开眼睛问：

"王老师，您知道我是什么鸟吗？"

"不知道。"

"杜鹃鸟。"

"哦。抱歉，我对鸟类懂得很少。"

"不懂挺好的，不是什么光彩的事。"

"不光彩的事——是什么呢？"

杜鹃女士的脖子微微后仰，仿佛深吸了一口气，说：

"您知道我们杜鹃鸟是怎样繁衍的吗？成年杜鹃并不像别的鸟那样自己筑巢养育后代。雌杜鹃和雄杜鹃交配、怀孕，快要生蛋了，就去找其他鸟的巢，趁他们外出觅食，把巢里的蛋或雏鸟从树枝上推下去，然后把蛋产在里面，让别的鸟孵化、养育，自己又逍遥快活去了。"

"你是什么时候知道这件事的？"

"从小就多少感觉不对劲。养父母只有我一个孩子，他们起初对我很好，可以说是尽心尽力。可渐渐发现我的毛色、体形、样貌，都和他们不一样。我当然也发现了。他们在我面前没说什么，但对我没那么好了，常常唉声叹气。我不知道能做什么，只觉得那个家越来越待不下去。等我羽翼丰满，可以自己觅食，就逃一样离开了，再也没回去过。

"我当时以为，可能是出了什么意外，亲生父母才不得已把我寄养在别的家庭里。我想找到他们。我在河湾一带的树林里找了几个星期，终于遇到一只年长的雌鸟，样子和我挺像。我很唐突地上前和她搭话，问她是不是我妈妈……"杜鹃女士的声音颤抖起来，像一条实线渐渐变成虚线，虚的地方越来越多，终于从纸上消失不见。

沉默了一会儿，线头又浮现出来：

"她说：'我有可能是你妈妈，也可能是你姐姐、你阿姨、你奶奶……不过这有什么关系呢？对我们杜鹃鸟来说可一点关系也没有。'她把这一族的繁衍方式告诉我，最后潇洒地总结道：'小杜鹃，你已经成年了，快去吧，趁着大好青春，去找喜欢的雄杜鹃，尽情享受男欢女爱，怀了孕就把蛋下在别的鸟窝里，继续去男欢女爱。造物主赋予我们这一族尽情享乐却不必养育后代的特权，可别浪费了。'说完，她就飞走了。"

"听起来好难过。"梦许忍不住说。

"是的。我的内疚，就是从那时开始的。对养父母感到内疚，他们辛苦忙碌一场，却养大了仇人的孩子；对养父母死去的孩子感到内疚，他们也许就快要破壳而出，却被推出鸟巢摔死在地面；我还想到我的种族，世世代代毁掉了多少原本幸福的家庭，让多少鸟爸鸟妈承受被骗和丧子的痛苦，又让多少雏鸟夭折……"

杜鹃女士停了停，仿佛在感受空气中层层堆积起来的沉重：

"内疚像团沥青一样坠在我心里，让我常常飞都飞不起来。"

梦许重重地叹了口气。

"可我想不通，为什么别的杜鹃鸟一点没有内疚的样子呢？他们梳理好毛发，飞上枝头跃来跳去逐欢寻乐，嘲笑那些辛苦觅食养活自己孩子的小鸟——这个世界为什么是这样的呢？"

"你对他们很生气。"

"而且，他们摆出一副劝导后辈的嘴脸对我说：'你有什么不开心的呢！春天来了，快去恋爱啊！别闷闷不乐，什么年龄就该做什么年龄的事，等你老了谈不动恋爱，有的是时间愁眉苦脸。''要抓紧啊，今年春天你再错过机会，就要成老处女了！你就不会有后代啦！繁衍后代生生不息，可是我们每个生命义不容辞的责任！'"

梦许又叹了口气。

"这样您大概能理解我的困扰了。我知道自己年纪不小了，我也不是一个所谓的不婚不育主义者。恰恰相反，我对家庭生活可以说是有憧憬的：筑巢，在枝头呼朋引伴，找到相互喜欢的对象、产卵、孵化、养育孩子们、看着他们一天天越来越像自己，直到健壮得可以独自觅食，从此一别两宽——就像大家经常在河湾湿地看到的那样。这算是一只小鸟圆满的一生了。可那是别的鸟的一生，不是我们这一族的。我上哪儿去找一只同样心怀愧疚的雄杜鹃呢？就算幸运地找到了，我们养大的小杜鹃，难道就能扭转天性，不去祸害别的鸟了吗？"

杜鹃女士扭头望向窗外。隔着玻璃，梦许听到一些细碎的鸟叫声，突然感到心惊：作为人类，这种声音一直是舒适的背景音，但如果她是只鸟，一定会觉得很不安全，甚至焦躁，就像屋里的人听到外面有人在说话，虽然听不清是谁在说什么，但对正在咨询的来访者，真是太不友好了！

"抱歉有点吵，"梦许起身道，"我可以把窗帘拉上吗？多少有点隔音效果。"

"好的，谢谢。"等梦许重新落座，杜鹃女士转过来说：

"我要向您告解。我知道这样的想法不好，很变态，可它常常出现在我脑海里……"

"什么想法？"

"如果有一天，一场传染病让地球上的杜鹃鸟都灭绝，我不会为此掉一滴眼泪。"

梦许叹了口气。这种想法并不少见，可以说是种局部的"时代精神"。不少人看多了世间那些荒谬残忍的悲剧，都发出过类似感慨：让地球毁灭吧，我不会为此掉一滴眼泪。

可她又不能直接告诉杜鹃女士"不用觉得变态，这种想法挺常见的"——不能为了消解她的绝望，抛给她一个更大的绝望。

"啊，抱歉王老师，您看我又在释放负能量了。我其实没有权力决定其他生命的死活，说这种话毫无意义。我只是……"

梦许看见两滴眼泪从她圆圆的眼睛里掉出来，顺着羽毛弹落，像荷叶上的水滴，没有丝毫牵挂，掉到沙发布上消失不见，仿佛从未存在过。

"太不喜欢这个世界了。"

7 神秘少年

送走杜鹃女士，梦许顺便开了门外信箱，拿出几封信和一堆广告纸进屋整理。

一张折了两下的黄纸掉了出来。打开一看，有两行字，像是方块字，却看不懂。她上网查了一通，发现是金文，询问了在线的古文专家，辗转来回，翻译如下：

明日午时前来咨询，若可，请面朝西方焚此信。

她犹豫片刻，拿来打火机，朝西点燃，灰烬扔在早晨发了新芽的常春藤花盆里。

翌日上午十一点整，门铃响了。开门，一位身材健美的少年立在外面，穿一身葱色运动服，系一条粉色围脖，手腕上戴一只金色手环，脸庞白净圆润，傲气凌人。

他径自往里走，梦许一让，尾随进了咨询室。只见他往来访者的沙发里一坐，翘起二郎腿：

"你可知道我是谁？"

"不知道。"梦许老实答道。

"嗯……"少年似乎有些意外，"不知道挺好的，如果知道了，你反倒没法好好和我咨询了。"

"哦，为什么呢？"

"你们最近不是流行'人设'这个词吗？有人设的人，大家虽然不认识他，但一提到，就好像知道他是个什么样的人。社会名流一面靠人设博取名声和钱财，一面又烦恼遭人误解。关于我，世间也有很多传奇和说法了，我虽不至于受累，也并没有得到什么好处。既然你不知道我，正好不必受此影响，好好把问题讨论清楚。"

"嗯，我同意。那你想讨论的是什么问题呢？"

"你不想问问我为什么来找你吗？"

梦许有些蒙：这不是教科书级别开局时要问的问题吗？而且她算是已经问了吧？

"我是说：你——而不是别人。"少年说。

梦许倒抽一口气，随即心里发笑：周老师啊，你教了这么多年心理咨询，有没有意识到这个问题呢？当我们问来访者"是什么让你来见我？"时，我们期待他讲出自己遇到的困境、症状和咨询目标，就像医生问面前的病人"你哪里不舒服？"——这个问题意味着，所有的医生都差不多，用的方式也差不多，重点是病人到底问题出在哪儿。但是在来访者那边，更重要的却是另一件事：为什么找的是这位咨询师而不是其他人？在流派各异、鱼龙混杂的咨询师中，为什么你选了眼前这位？就像是谈恋爱——

你为什么选择某个特定的人展开一段关系？你选他那一刻，世间其他人都变得黯淡无光，仿佛只有他能给你光明。为什么？——一小部分原因当然是前面那个问题：你孤独寂寞、渴望陪伴，希望有人一起分享生活点滴……但更重要的则是后面那个问题：某些因素让你认为，他，只有他，才是最合适的人选。

"为什么呢？"

少年用鼻子出了一口气："前几天有个流浪汉到我师父庙里借宿，临走时把你的名片扔进了香炉。师父说也许我和你有点缘分。我不太信他这一套，不过掐指算了算，你还没有孩子，就觉得可以试试。"

"你希望找一个没有孩子的咨询师？"

"孩子和父母完全是两个物种，没有孩子的成年人才可能理解童年的痛苦。一旦做了父母，就会在这个角色里自我陶醉，觉得'可怜天下父母心'，彻底忘记自己小时候受过的苦，觉得身为父母做什么都是'为你好'。"

"唔……"梦许想起周老师的话："通常，成为父母，会让我们更容易跟自己的父母和解，因为体会到了做父母的不易。很多没有孩子的咨询师，容易在工作中过度站到孩子一边——确切地说是站在来访者的童年一边，共情那个受伤的孩子，而把他们的父母想象得比实际情况更坏。这个偏差，在咨询师自己做了父母以后，会自然矫正过来。所以有的来访者专门要找有孩子的咨询师，不是没有道理。"

少年继续道："用近一百年来最流行的观念来说：孩子和父母根本就是两个阶级，人一旦做了父母，就实现了'阶级跃升'，成了'既得利益者'，不会再和孩子站在一起了。"

"嗯，好像有点道理。你想讨论的问题，是和这个有关吗？"

"这是讨论的前提。你会和孩子站在一起吗？"

梦许想起了长臂猿的话："在心理咨询这个小世界里，咨询师的确有很多时候是偏向孩子的。也许严格来说不够中立，但对来访者是好的，对社会整体也有好处，因为外面的大世界里，站在孩子一边的力量太少了。"

她想了想，仔细斟酌措辞道：

"心理咨询师的工作，是和来访者站在一起，如果来访者想讨论自己作为孩子的经历，那咨询师可以说是和孩子站在一起，如果来访者想讨论的是自己作为父母的困难，那可以说咨询师又是和父母站在一起的。"

"所以咨询师就是墙头草对吧？"

梦许缩了缩肩膀。

"可你们不是自称'客观''中立'吗？"

梦许出了口粗气：到底是谁把这两个乍一听有道理，实则意义含混、在咨询现场常常找不到明确边界的概念写进了心理咨询教科书？她真想把眼前这位来访者转介给他！

但她还得想办法把对话继续下去。普通人大可以话不投机半句多，咨询师却要把那些艰难的对话进行到底——这是和他们聊天要付费的原因之一。

"举个例子，假设一对父子徒步旅行，行李是父亲背。走了许久，两个人都累了，儿子说'爸爸我累了，你背我吧'。父亲则一再强调'爸爸背着行李呢，爸爸也很累了，背不动你'。这时，如果两人可以分别打电话给各自的咨询师，儿子也许会说：
'爸爸一点也不关心我，我都这么累了还让我自己走。'父亲则
会说：'这孩子真不懂事，我已经这么辛苦了，还闹着要我背。'
咨询师应该客观中立，所以儿子的咨询师不能说'是啊，你爸真
是太冷漠了'。——这并不是对父亲客观中肯的描述。咨询师可以
确认的，是儿子主观体验的客观性，就是他感觉很辛苦，却得不
到父亲的支持。同样，父亲的咨询师也不能说：'是啊，你儿子太
不懂事了。'他也只能确认父亲主观体验的客观性，就是他也感
觉很辛苦，旅途艰难，还要应对孩子的要求。"

那少年又从鼻子里哼出一口气："他们为什么不停下来休息呢？"

"是啊，为什么不呢？也许他们必须在太阳下山前赶到宿营
地，否则会遇上野兽；也许他们是难民，正在逃离士兵的追捕；
也许父亲在和其他同伴暗暗较劲，一定要抢先到达目的地；也许
父亲背着某种特殊的药物，要赶去救别人的命……这对父子不一
定过得安稳无忧只是出来散散心，他们生活在更大的背景下，可
能他们面临的很多压力和挑战让事情变得更复杂——这时，心理
咨询师就更没法知道一般人所谓的'客观'意义上的是非对错
了。但是，不对自己不了解的事妄作主观评断，这正是一种'客
观中立'。"

一口气说完，梦许突然有些心虚，又想起周老师的话："咨询
师不适合说太多，尤其不适合对来访者说教，尤其在咨询刚开始
的时候。"

少年有些不悦："你说来说去就是在告诉我：孩子没有什么理
由下定论说自己的父母是混蛋。——这和'天下没有不是的父母'

这种混账话有什么区别呢？"

"心理学不能下定论说任何人是混蛋。就连监狱里那些死刑犯，也是我一些同行的工作对象。不过重点不在这里。在我看来，当一个人说另一个人是'混蛋'时，真正想说的是'我恨死他了'或者'他深深地伤害了我'。既然这样，为什么不把这种意思直接表达出来呢？人有时对自己客观存在的情绪如此羞于启齿，以至于要通过对别人下一个主观定论来表达。"

"那你们心理咨询师是不是想要一个满大街哼哼唧唧哭哭啼啼的世界呢？听起来真是娘炮！"

梦许感到自己有点被激怒了，却对这场辩论欲罢不能："如果这个世界本就充满了悲伤、脆弱和怨怼，为什么要掩饰这些东西，假装刚强勇武呢？"

"王梦许咨询师！"那少年突然正色道，"我觉得你跑题了，跑得很远。你连我到底要来跟你聊什么都还不知道。"

梦许深吸一口气，往后一靠，缓缓吐出来，说：

"抱歉，我有点着急了。"

一阵沉默后，少年开口道：

"不过你的观点很有趣，和你辩论的确让我有些启发。"

梦许脸上一阵燥热，仿佛士兵被人夸赞被子叠得整齐。

"今天就到这里，下周我还会来的。费用先记账，全部结束了一起付。"少年说着起身往外走。梦许蒙蒙地跟在后面，仿佛做了一场诡异的梦，里面每一个事件、情节，竟然全部出乎自己意料。

没走两步，少年好像突然感觉到什么，回头道：

"放心吧，不会赖账，我这人是宁死也不愿欠别人的。"

这句话让梦许清醒过来，她感觉他身上萦绕着一股冤魂凝聚起来的戾气，如此熟悉。

8
河
马
小
姐

河马小姐第二次来时，居然没费多大力气，就挤过了梦许刚贴上海绵垫的门框，坐在事先安置好坐垫的地板上。

她不好意思地笑笑：

"上周回去后，我把食量减了一半，现在每天只吃一百斤了，我对自己说：这次减肥再不成功，连心理咨询室也进不去，生活就真的没希望了。您看，还挺有效的，这就瘦了一小圈。"

她忽闪着大眼睛看梦许，仿佛在等待夸奖。周老师和长臂猿的话同时冲进梦许的脑海。

周老师说："咨询师要给来访者'无条件的积极关注'，其中一个重要的方面是，如果你看到来访者用自己的方式尝试解决问题，并取得了一些进步，就可以告诉他你看到了，及时肯定、鼓励他。"

长臂猿说："夸赞来访者一定要节制谨慎。有讨好倾向的来访者很容易捕捉到咨询师希望看到什么，然后给咨询师他想看到的。这样的咨询会变成一种双向的情感贿赂，无法让来访者成为他自己。"

梦许迅速思考了一下，说：

"像是件值得高兴的事呢。不过，身体没什么不舒服吧？"

河马小姐突然有些紧张："没有啊。会有什么样的不舒服？"

"嗯……只是随便问问。对我们人类来说，如果突然减少一半食量，很容易低血糖甚至头晕，这时如果还到野外游泳，就危险了。"

河马小姐笑起来："放心吧，我就是在这一带长大的，而且我们河马可以不呼吸在水下待十几分钟呢。"

"那就好。"梦许没有完全放心。跨文化的心理咨询总是很有挑战，你永远不知道拿自己的生活经验去理解来访者能有几成把握。而在当前这个多元文化的社会，不需要去另一个国度才能体会到这点——你的邻居也许就生活在和你截然不同的文化中。不过此刻她打算先等等，看河马小姐今天有什么想说的。

沉默片刻，河马小姐说：

"我这周经常在想，我需要的到底是什么。"

"这真是个好问题。你想到的是什么呢？"

"自律。"

梦许感觉后脖子一紧。

"自律？"

"是的。最近河湾论坛网上里流行一句话：世上没有丑姑娘，只有懒姑娘。我觉得很有道理。多数女孩都不是天鹅姑娘那样天生丽质的类型，谁都有点不足，连小松鼠这样自以为轻盈灵动有仙气的，个子矮也是硬伤。但现在只要肯花功夫、下决心，有很多方法可以改善自己的外形。"

"哦……"梦许蹙眉：这就是长臂猿说的"龙卷风"了？

"我思来想去，觉得自己最需要的就是自律了。我猜我的问题在您的来访者中应该算比较轻的吧？其实我就是不够自律。只要能管住自己少吃东西，体重很快就下来了。"

"嗯……"

"我早就有减肥的想法，但一直没有决心和毅力。这次来找您，因为门的事……我终于下定决心。这真得感谢您！"

"我并没有做什么。"梦许有点沮丧：我什么都还没做呢！

"您提供了一个改变的契机！"

"呃……"梦许在心里龇牙咧嘴，但决定暂不反驳。

"可以说，借着这个契机，我发现了生活的秘诀。这对你们人类来说也许算不上什么秘诀，听说很多人已经实践很久了。但对我而言，简直像打开了一个新世界。我突然意识到，只要足够自律，生活中大部分困难都会迎刃而解。我只要克制食欲，很快就会瘦下来，只要花点时间学习化妆打扮，很快就能改善形象，和别的动物交上朋友。当然啦，我知道建立关系需要一些技巧，这方面我完全是空白。但只要我用心观察，勤学苦练，总会有运用自如的时候，说到底还是靠自律嘛。我已经制订了计划：每天把食量继续减少十斤，直到瘦到我希望的样子。"

梦许不知说什么好：这就是心理咨询的结果吗？对自己身材不满意的来访者，咨询了两次就一脚踏上厌食症的道路。可她什么也没做啊！

河马小姐精神振奋地总结道：

"一切都会好起来的，对吧，王大夫？"

梦许深呼吸了两次——再不做点什么，就成"事故"了：

"听起来似乎不错，但这样减肥，对身体真的不会有影响吗？你的食量已经减了一半，还要每天继续减少并持续一段时间，如果是人类的话，已经不是一个健康的状态……"梦许觉得"不健康"这个词还是有些评判感，想把话说得再软一点，"虽然我不知道你们河马是怎样的。"

"不会有事的王大夫，我这么年轻，饿上几天不吃不喝也没事。"

梦许感觉自己像个用关节疼痛威胁年轻人穿秋裤的老古董。但她还想再试试：

"自律可以解决很多问题，但如果不在适度的范围里进行，自律也是有风险的。我有点好奇，你有没有为自己的自律设置底线呢？"

"底线？"

"比如你认为只要花尽可能多的时间学习和练习，就能掌握任何想要的技能。那到底要花多少时间呢？是所有空闲时间吗？还是压缩睡眠时间，甚至不睡觉？当然，人和动物都不可能不睡觉，所以这种自律得是有限度的。"

"啊，您说的是这个。我当然知道人和动物是不能不吃东西的，所以我的确给自律设置了限度啊。我并没有在决心减肥后立刻绝食，只是把食量减了一半，维持了一周，发现体重下降而身体并没有不适，才决定继续减量的。"说完，河马小姐严肃地看着梦许，仿佛在问：有什么问题吗？

"呃……"梦许有些尴尬，一瞬间甚至忍不住在心里怨道：真是不知好歹、不撞南墙不回头，去吧！节食减肥去！接下来会发生什么，好好看看心理学文献就知道了。如果河马小姐是她同学，她一定会把这些文献全部打印出来摔在她面前。

而她恐怕会一一反驳回来：体相障碍——她确实胖啊，要不要一起去河湾公园随机采访路人，看有谁会说她瘦吗？厌食症——她还没开始催吐呢。过度节食——一天一百斤食物还算少吗？

如果今天放过河马小姐，下周她还会来吗？如果她说到做到，就有可能低血糖晕倒被救护车接走了。没有所谓"下次咨询"，出院后她也不会再来，因为她曾在咨询师面前夸下海口。

可梦许觉得，如果自己再步步紧逼，同样不会有下次，河马小姐这次就会开始厌烦她，这个控制欲强喋喋不休的老阿姨。

她想到了长臂猿，他可能会说：放轻松点，对年轻人而言，低血糖晕倒进医院远不是什么致命创伤，甚至可能是一次促进成长的宝贵经历。不要害怕让孩子去碰壁，有些经验只能在碰壁中获得。

好吧。梦许往后靠进沙发里：

"明白了。如果出现什么状况，我们再讨论。"

"不会的，王大夫。"河马小姐的微笑里似乎有些鄙夷。

蛤蟆先生要来的那个下午，梦许提前确认了新门铃，坐在沙发上等待。她忍不住想象门铃"当——"地响起，开门，蛤蟆先生摘下礼帽微微欠身道："啊，王医生，您为我装了新的门铃！太感谢了。"——这样他就不会觉得我也在嫌弃他了吧？

约定的时间过了五分钟，门铃还没响。

梦许决定再出去看看。打开门，蛤蟆先生穿着礼服，两手抓着礼帽，站在门口，样子沮丧极了。

"你好。"她说。

"您好。"

引蛤蟆先生进咨询室时，她忍不住问：

"你在外面等了一会儿吧？我没有听到门铃声。我在下面新装了个门铃，你看到了吗？"

蛤蟆先生没开腔。他颓丧地爬上沙发，坐停当，重重叹了口气：

"您装的门铃我看见了。"

沉默。梦许看着蛤蟆先生干净整洁的礼服，心里涌起淡淡的不安。

"我没有按。"蛤蟆先生小声道。

"为什么呢？"梦许也下意识放轻声音。

又一阵沉默。

"我不知道。"

蛤蟆先生突然把帽子放在脸上，呜咽起来。

梦许把纸巾盒放到他身边。他似乎没留意到，硬挺的白衬衫领子渐渐湿了一大片。

许久，他终于开口了：

"原来的门铃是白色的。"

梦许一头雾水。

他把帽子放在一旁，吸了吸鼻子，又抽噎了两下：

"它就是那么高高在上，白色的，可望不可即。它单独存在在那里，让你产生错觉，仿佛自己是有可能够到的，只要再努力一点，再跳高一点，再想想办法。可有一天，一个灰色的门铃出现在你面前，和你一样矮小、难看、不起眼，仿佛在告诉你：这才是属于你的，这才是你应得的，那只高高在上的白色门铃，本来就是为别人准备的……"

梦许倒抽一口气：

"对不起。我装这个门铃时，真没想那么多，只是想让你方便一点……"

"我知道啊！"蛤蟆先生烦躁起来，边哭边说：

"我知道您没有错，只是好心帮我装了个门铃！河湾公园门口那家五金店也没有错，他们只卖这种难看的玩意儿我从小就知道！天鹅姑娘也没有错，她不过是长得美所以更有挑选对象的资本！上周经常来湿地找她的那只雄天鹅也没有错，他们本就门当户对！爸妈前几天给我安排相亲也没有错，他们只是希望我早点摆脱家族诅咒走入婚姻！相亲的那只母蛤蟆也没有错，她只是不幸长得和我一样丑！可就因为她和我一样丑，看到她第一眼我就忍不住弯腰吐了，害得她哭哭啼啼逃走，害得我爸妈拿着礼物上门赔罪。好不容易熬到今天可以来做咨询了，却在门口看到这么个门铃！"

梦许深吸一口气：

"原来上周发生了这么多不愉快的事。"

蛤蟆先生仿佛没听到：

"王医生，这个地方其实也不属于我，对吧？门铃那么高，沙发这么大，纸巾盒像我家衣柜，纸巾大得像被子，费用相对我的收入来说也不低——这些东西都不是为我这样的动物准备的吧？我来得很勉强。如果我闯进天鹅姑娘的生活，也一定很勉强，会让她尴尬、为难，对不对？"

梦许缓缓叹出一口气，说：

"可是你在这里，我也很欢迎你来这里。尝试进入一个新的世界并不是坏事。很多时候，新的世界也会欢迎你，甚至会略作调整让你待得更舒服。"

"难道您想说，天鹅姑娘也会尝试接纳我？在她眼里，我难道不是一只又矮又丑的癞蛤蟆么？"

啊，天鹅眼里！她怎么会知道呢？她可不想再讨论"癞蛤蟆是不是长得丑"这种诡异的哲学命题了，快转移话题吧，讨论什么都可以！

"面对她，你好像总有一种劣等感。"

"不是'感'！不是一种感觉，而是事实！在天鹅面前，我们蛤蟆就是劣等的！在美好的事物面前，丑陋的东西就是劣等的！你们人类不是也喜欢说'颜值即正义'吗？"

美好的还是"事物"，丑陋的就只是"东西"了——梦许感觉碰到了世上最顽固的偏见，而这种偏见居然是在其受害者心中最为顽固！她决定追问到底，哪怕最后得请出长臂猿的观点。

"是什么让你认定这就是事实呢？"

"选择！王医生。大家的选择！这么好的天气，你们人类拖家带口跑到河湾公园踏春，看见天鹅姑娘游过来了。来来来，一起合个影，以优雅的天鹅姑娘为背景。我呢？长这么大从来没有谁愿意跟我合影。人们很乐意把天鹅姑娘的照片挂在客厅里，可有人愿意挂我的照片吗？挂上了还吃得下饭吗？你们人类不是有宙斯变成一只白鹅去临幸凡间女子的故事吗？还变成过白色的牛、金色的雨，他为什么不变成一只癞蛤蟆呢？每个选择背后不都有一种价值判断吗？什么是好的什么是差的，什么是优等的什么是劣等的。"

梦许正了正身体：

"这些选择都是人类做的。人类把自己的审美和好恶强加在万物身上，'人是万物的尺度'这句话，蕴含着傲慢和霸道。说得那么理直气壮，大家都信以为真。但人的好恶只是人的好恶，不能认为是事实。"

"可是王医生，在天鹅姑娘眼里，我也是一只丑陋的癞蛤蟆呀，她并不会对我产生兴趣，更不会把我视为可能的恋爱对象。"

"天鹅应该也不会对孔雀、热带鱼、梅花鹿这些动物产生兴趣吧？这并不是因为谁好看谁不好看，而是因为大家本来就是不同的物种啊。"

"您是说，天鹅姑娘不喜欢我，可能只是因为我和她不是同一个物种，而不是因为我丑？"

"你觉得呢？"

"好吧，我承认有这种可能。"蛤蟆先生看起来平静了许多，"倒也说得过去，动物们谈恋爱大都会追求自己的同类，而不会去喜欢其他物种……"

他愣了一会儿，突然又激动起来：

"那说来说去，有问题的还是我喽？我喜欢上了其他物种。好吧，让我们把美丑这件事先放一边。不论我喜欢上的是天鹅还是水滴鱼，本质都是一样的：我喜欢上了其他物种。而我不应该喜欢其他物种。可我为什么喜欢上了其他物种呢？王医生，您的意思还是我有病，对吗？"

梦许瞪大眼睛。

"原来我的家族宿命，不是爱上了自己配不上的，只是爱上了另外一个物种。那为什么是天鹅呢？为什么不是乌龟王八、刺猬蜥蜴呢？纯属偶然吗？"

"也许是因为，你们总是觉得自己不够好？"梦许觉得这句话现在讲有点早，但此刻已经找不到别的话。

"不是觉得！"蛤蟆先生气急败坏，"我们的确不够好！丑！

矮！矬！您来来回回只是想告诉我这是我的主观感受。心理咨询是不是就要把客观的说成是主观的，然后告诉来访者'看吧，这是你的幻觉，心外无物，所以放下吧，不要自寻烦恼'！嗯？"

"可这不是客观的，这是别人的主观。"

"您是不是想说，不要在乎别人怎么看自己，不要受别人评判的影响？如果我是和尚，六根清净，住在深山老林里一辈子不接触外面的世界，我可以不去想这件事。可我生活在社区里，而且正在热恋，我当然希望对方喜欢我，希望其他动物都觉得我们很般配，为我们祝福。这样的我怎么可能不在意他们的看法呢？您如果觉得我要做到不在意才能解决困扰，那我为什么不去庙里找大和尚聊天呢？他们至少不收钱啊。"

陷入窘境时，梦许总是本能地向时间求助，去看茶几上的小座钟。有些来访者希望咨询时长是不限定的，想说多久说多久。他们难以想象，有时这意味着咨询师不得不被钉在座位上，熬过一场不知会持续多久的精神酷刑。

时间并不总能顺她的意：这会儿离结束还有七分钟。

但这个小动作似乎被蛤蟆先生看到了。他的语气突然缓和下来，变得像初见时那样彬彬有礼：

"王医生，抱歉刚才有点激动了。今天就到这里吧，我得自己冷静冷静。"

梦许的不适立刻烟消云散，现在轮到她感觉抱歉了，但没有别的办法，她也需要自己平复平复。

"好的，我们下次再聊。"

10 熊猫爷爷

和上次相比，熊猫先生似乎放松了些，身体像个松垮的沙袋陷在沙发里，两只熊掌搭在毛发稀少的肚皮上，八字黑眼圈里，两颗眼珠炯炯有神。

他此刻的沉默像那些胜券在握的老人：来吧，小朋友，有什么招数都使出来。

周老师会说每次咨询都要尽量让来访者先开口，而长臂猿会说，咨询师和来访者的互动要尽可能自然，不要刻意营造某种沟通的"潜规则"。犹豫了一会儿，梦许决定先开口：

"这个星期您过得怎么样？"

"小王啊，"熊猫先生的声音有些尖细，"上次回去之后，我感觉轻松一些了。你们心理咨询，的确有点用，嗯，不错，不错。"

"谢谢。"梦许淡淡应道。来访者的确可能仅仅因为找到一个可以倾诉的人，情绪就在第一次咨询后得到缓解，但他们极少会在第二次咨询时就反馈这一点并夸赞咨询师，除非有什么别的意图。

"我呢，这几天一直在思考一个问题，你倒是可以听听。"

"什么问题？"

"我在想，不论我能活到什么时候，也许都该为余下的日子找点什么：事情、计划、目标、意义一类的。"

"那很好啊。"梦许忍不住道。周老师说过："心理功能不健全的人是无法想象未来的，当来访者开始想象未来时，常常是好转的标志。"但长臂猿的话立刻作为反方陈词响起："真正的心灵成长速度之慢，远超你们急功近利的人类的预期。任何出现太早的进步或改善，都要小心审视。"

"那您具体想到些什么了吗？"

"我想了很久，这一生，到底还有什么未了的心愿。"熊猫先生的身体微微前倾，落地灯洒下一圈淡黄的光晕，打在他的侧脸上，显得一半老实无辜，一半阴郁狡诈。

"小王啊，如你所见，我的一生是个悲剧，一个豪华的悲剧。想到我一辈子都在服从他们的安排，从未越雷池一步，我内心残存的雄性荷尔蒙就闷烧起来。"

"闷烧？"

"是可忍孰不可忍。可我能做什么呢？这副老朽的身躯。"

梦许重重叹了口气。

"也许我还可以，"熊猫先生直盯着梦许，"报复一下，多少出一出心中这口恶气。"

"怎样的报复呢？"梦许感觉身体紧缩起来。

熊猫先生缓缓伸出左掌，拿起靠在沙发扶手上的拐杖，把玩了一会儿，双掌握住，像握一把木剑，突然用力往空气中一劈，

"呼"的一声，吓得梦许朝后顿了顿。

"我没他们想的那么不中用。葆庆春的药，还是不错的。"

"您是想做什么吗？"

熊猫先生睨视着梦许，粗重的嗓音一个字一个字道："我——想——杀——"

"谁？"梦许感到自己的身体在微微颤抖。

熊猫先生忽然轻柔地收回拐杖放到原处，表情得意，仿佛刚开了个恶作剧的玩笑。他恢复了尖细的嗓音："不告诉你。想知道的话，经常留意一下《河湾周报》，你会看到的。"

梦许倒吸一口气。熊猫先生的嗓音又浑厚起来：

"你们人类的艺术家安迪·沃霍尔曾说过：'每个人都能成名十五分钟。'我这只老熊猫早就出名啦，出名了大半辈子。不过呢，都不是为我自己。离开这个世界之前，我要为自己出名一次。十五分钟足够了，河湾一带的居民谈论着报纸头条：'这不就是那只老熊猫吗？''对呀，他竟然做出这样的事，真没想到。啧啧啧！''想不通想不通，我要是能过他那样的生活，会想好好再活五百年呢。'然后一切照旧，他们工作、吃饭、看电视、读下一条新闻……都不用过完下一个十五分钟，就会把我忘得一干二净。"

他抬起眼皮盯着梦许，仿佛要看穿她的灵魂。

"但是，当他们要做坏事时，当他们准备通过掠夺他者来为自己牟利时，心里会咯噔一下。有什么东西会让他们不安、犹豫。他们也许不会改主意，但内心会多一丝恐惧，夜晚要多煎熬一分钟才能入睡——这就是我，一只老不死的熊猫留给世界最后的、最重要的遗产。

"愚蠢的人们啊，忘掉我那些遍布世界各地动物园里的子子孙孙吧，他们除了长得萌，对这个世界毫无意义。忘掉葆庆春拍的那些广告吧，衰老和死亡从你们诞生的一刻起就注定会到来，而你们就像耍花招逃避打预防针的小孩一样可笑。来看我的最后一场演出吧！全体起立！鼓掌！"

熊猫先生的声音仿佛穿破四壁，行过夜月下的河湾，奔向刮着大风的原野。

梦许的心脏像一只握紧的拳头，呼吸僵硬起来。

熊猫先生举起两只大熊掌拍了几下，用尖细的声音说：

"小王啊，今天就到这儿吧。熊猫爷爷高兴，让你提前下班报酬照拿。"

说完，他拿过拐杖起身往外走。梦许回过神来，追上去目送他。

长臂猿 II

周一上午，梦许在长臂猿的木屋前等了二十多分钟，才上前按下门铃。铃声响起的瞬间，门就开了。

"我看见你了，站在外头。周一上午我没别的安排，路又这么远，你如果来早了就早点开始，我不介意的。"

"我介意。"梦许和长臂猿一前一后、一下一上往里走。

"介意什么？"

"我不希望你因为我有可能在周一上午提前进来，就不能放松地在周日晚上留宿你的女朋友——们。"

长臂猿落到地上，倒了两杯果汁拿过来，笑道：

"真希望我的生活是你幻想的那样。"

梦许正色道：

"好了，进入正题吧。我可不想浪费我的钱和时间聊你的私生活。"

"嗯，好啊，今天的正题是什么呢？"

"按照你以前建议的轻重缓急顺序：性命攸关的问题最重要，

其次是伦理相关的问题，第三是职业安全的问题。这里正好有个麻烦，和这三个问题都有关。"

"什么麻烦？"

"我上次跟你说过那只老熊猫吗？"

"老熊猫？好像没有。"

"一家上市药企，专门生产延年益寿的保健品，十几年前在动物园里找到一只退休的老熊猫，一直给他吃药打针到现在，老熊猫已经远超普通熊猫的寿命了，可他还得活下去。"

"真不幸。"

"所以他抑郁了。他们把他送来做咨询，随便做，不差钱的那种。"

"唔，还有这种好事。"

"他上周在我面前慷慨激昂，七七八八，大意就是，身体里仅存的一点雄性荷尔蒙不允许他这么窝囊地了却残生，他要杀掉——"

"谁？"

"他说不告诉我。"

"嘿。"

"然后他就走了。"

长臂猿伸出手，绕过头顶，挠了挠对侧的头皮：

"真是个难题。按照伦理要求，你现在应该去派出所报警而不是来我这里了。"

"他说过自己身价千万，虽然钱不是他的。现在送到我这里咨询，要是出了什么事，这家药企恐怕也不会给我好看。"

梦许和长臂猿不约而同叹了口气。

"如果把外在压力暂时放一边，你自己对这件事怎么看呢？"长臂猿问。

梦许耸耸肩：

"摸着良心说，我非常同情他。虽然是只有名的长寿熊猫，子孙遍布世界各地，但终生被限制、被囚禁、被配种，连自己的死都不能决定，憋屈极了。我不知道他要杀谁，但如果他不是随便挑个饲养员杀，而是要杀某个剥夺他自由并从中牟利的人，那我会很愿意在法庭上为他说话——但我也不能只摸着我的良心，还得摸着我的胃，我的名声，我的执业资格证。"

梦许停了停，瞅了长臂猿一眼：

"所以呢，你也别再跟我说什么追随自己内心一类的屁话，我现在没有资本做那样的选择。"

"那如果他想杀的并非无辜，你会选择报警吗？"长臂猿看着梦许的眼睛。

短暂的沉默。梦许回看长臂猿的眼睛：

"那如果我告诉你我要做一个有悖职业伦理的决定，而你无法阻拦，你会去伦理委员会告发我是个不称职的咨询师吗？"

长臂猿迎着她的目光：

"那如果你告诉了我，而我决定包庇你，你会去伦理委员会告发我是个不称职的督导吗？"

梦许笑了一声："不会。"

"那我也不会。"长臂猿也笑了。

"我们的回答已经违背伦理喽。"

"没错，我们现在是一条绳上的蚂蚱。为此干一杯怎么样？"长臂猿举起自己那杯果汁。梦许也举起来，轻轻碰一下就放回茶几，平静地说：

"其实我倒没那么坚定要站在他这边，毕竟关乎人命。"

"啊，那你刚才那么严肃是在考验我。"

"对咨询师来说，被考验不是家常便饭吗？只是报警这件事，至少现在，我做不到。他已经那么可怜了，如果被发现，日常生活中仅剩的一点自由都会被剥夺。"

"所以你打算？"

"没什么打算，我得再考虑考虑。"

长臂猿笑道："嗯。一个优柔寡断的咨询师，至少不会犯下世人难以饶恕的过错。"

梦许也笑了："我可不是在耍手段，我是真的在考虑哦。"

"好吧。那就再考虑考虑。看你来得那么早，是还有别的事要说吧？"

"嗯。河马小姐，她好像有点误入歧途。还有蛤蟆先生，我们好像在原地打转。"

"卡在哪儿了吗？"

"喜欢上天鹅这件事，如果暂时抛开审美因素，为什么会发生呢？为什么一只动物会喜欢上其他物种呢？我是说爱上，不是像人类喜欢宠物那样的喜欢，而是想和对方恋爱、结婚，当然还有做爱喽。怎么做？天鹅和癞蛤蟆？真让人头疼。"

"哈哈哈——"

"你笑什么？"

长臂猿用手捂住嘴，仿佛想撤回一个错误的操作。敛了笑容，说：

　　"你们人类发展的历史，就包含了很多类似跨物种的爱情啊。一个部落的人起先不能和另一个部落的人相爱，理由是'那是另一个部落'，后来这种禁忌被打破了；一些民族起先不能和别的民族通婚，理由是'那是另一个民族'，后来这种禁忌也打破了；一种肤色的人不能和别的肤色的人结婚，理由是'那是另一种肤色'，这个禁忌现在也打破了。"

　　"可那到底是种什么感觉呢？爱上另一种……"

　　"你有没有想象过这样的感觉出现在自己身上呢？"

　　"没有。"

　　"好吧，那现在试着想象一下。"长臂猿轻松道。

　　"怎么想象？"

　　"唔……就想象我吧。我们认识那么多年了，可以说我见证了你作为咨询师的大部分职业成长过程，而你也见证了我作为督导的大部分职业成长过程——尽管只有你一个人来找我做督导。我们的交流很深入，关系还算亲密，很多时候相互欣赏——这一点你不承认也不要紧。总之，在我们的关系中，你曾经对我产生过好感吗？接近爱情的那种。或者，对我产生过性幻想吗？接近色情的那种。"

　　"都没有。至少在意识层面。"

　　"哦。"长臂猿沉思了几秒钟，"还记得刚才你进门时说的话吗？"

　　"什么？"

"你来早了，但不想提前进来，因为不想干扰到我可能的私生活，跟性和爱有关的私生活，对吧？"

"没错。"

"也就是说，你不希望某天提前半小时按下门铃，发现我只把脑袋探出门来，神情慌张让你先等一会儿，对吧？"

"没错。"

"那样你会感到尴尬，对吧？"

"没错。你也会感到尴尬的吧？"

"那如果你散步时看见路边草丛里有两条狗在交配，会感到尴尬吗？"

"不会。"

"为什么？"

"别循循善诱了长臂猿老师，快说你想说的吧。"

"会不会因为，你本来就没把狗当作可能的恋爱对象或性对象？而你想象撞到我会感觉尴尬，是因为你已经把我当作了可能的恋爱对象或性对象？"

"可是，如果把你换成任何一个人类男性，我也会觉得尴尬啊，这有什么特别的含义吗？"

"嗯，那就是说，在你心里，我已经拥有和其他人类男性一样的位置，是你可能的恋爱对象或性对象了——即便这种可能性非常小，对吧？"

梦许猛吸一口气，觉得自己正一步步钻进一个圈套。

"你已经把我当成你的同类了，这就是跨物种爱情的基础。你的感受离蛤蟆先生的感受并不遥远，如果遇到合适的机会，你再往前走一百步，也许就到他那里了。”

梦许噘嘴道：“你是想说，如果遇到合适的机会，我再往前走一百步，也许就爱上你了，像癞蛤蟆爱上天鹅那样？”

长臂猿耸了耸肩，下嘴唇往前一突：

“不是没有这个可能啊。”

梦许想了一会儿，说：

“好吧，这个推理过程让我很不舒服，不过真是印象深刻。”

“那就好。”长臂猿又举起果汁，“干杯。”

杜鹃女士 12

　　离杜鹃女士约定的时间还差三分钟。梦许拉上窗帘，突又想起什么，走到来访者的沙发前，这里摁摁那里压压，什么也没发现。沙发面制作得结实均匀，可在杜鹃女士那里却像一片崎岖的野地。是什么让她挑挑拣拣？她又是怎样决定最终在哪儿落座呢？

　　"当——"门铃响了。开门，杜鹃女士的外套翻领竖起来紧紧裹住脖子，仿佛回暖的天气在她身上起了反作用。

　　进了咨询室，梦许仔细留意她的一举一动：跳上沙发，两只小爪子这里踩踩那里抓抓，终于找到一个满意的地方。

　　"王老师，这周感觉不太好。之前我一直陷在内疚情绪里。上次和您聊过之后，内疚感少了些，但我还是有一个很大的烦恼。"

　　"是什么呢？"

　　"我想我这辈子都没法过上别的杜鹃那样的生活了。就算有一天我完全不内疚，也不可能用他们那样的方式繁衍后代，我心里的是非观是不会改变的。"

"嗯。"梦许点点头。

"虽然很多动物和人都害怕过一种和同类不同的生活，但我觉得无所谓。和内疚带来的痛苦相比，被说闲话根本算不上什么。可我烦恼的是，如果不用那样的方式度过一生，我该怎样过呢？"

"嗯……"

她把脖子从衣领里伸出来，开始环视四周：

"您一个人住在这儿，把咨询室开在家里，这里没有第二个人的痕迹，您也没有孩子，那我想您也是单身吧？——您不用回答，我知道心理咨询师没有义务向来访者透露自己的隐私。我只想知道，人类，或您了解的其他动物，如果没有过上大多数个体那样的生活：谈恋爱、结婚、生儿育女或别的什么，姑且称之为'在什么年龄做什么年龄该做的事'那样的生活，那他们会变成什么样子？他们在做些什么？是怎么打发自己的每一天的？"

梦许想起河马小姐、蛤蟆先生、熊猫爷爷、那个神秘少年——虽然他看起来很年轻，却像是已经活了很久——还有长臂猿，当然还有她自己。"我们"似乎全都没有"在什么年龄做什么年龄该做的事"。这到底是怎么回事呢？难道心理咨询是一位挎着篮子的老农妇，专门收集地里那些没有被联合收割机收走的麦粒？

"别的动物我不太了解。人类的话，在之前很长一段时间，不进入恋爱和婚姻的女性会被视为怪胎，被所在的社群边缘化，有时孤独终老，有时成为各种莫名其妙事件的替罪羊，比如被当成女巫。这种状况也就是在最近几十年才得到大规模改善。现在很多人类女性如果不进入恋爱或婚姻，也能过上有质量的生活。她们……"梦许搜肠刮肚一番，说，"可能会发展自己的事业，交朋友，培养兴趣爱好……总之就是做自己想做的事。"

"自己想做的事？都是些什么呢？"

"比如有人喜欢画画，或者搞音乐，就可以去做；有人很喜欢自己的职业，比如医生、建筑师、老师……那就可以在职业上不断钻研。"

"就像其他杜鹃，他们只对男欢女爱感兴趣，那就一辈子男欢女爱下去，直到死，对吗？"

梦许眉毛一弹，不知该如何回答。

"就我所知，我们鸟类也有一些会喜欢或擅长某件事的。有的筑巢技术和品味非常好，有的求偶舞跳得很漂亮，也乐在其中。但他们不会把这作为持续的工作或爱好。鸟儿筑巢是为了住进去，我从未见过哪只鸟建好一个无可挑剔的巢穴，自己不住跑去建下一个，无论他多么享受建造的过程。也从未见过哪只鸟沉迷于求偶舞蹈，却把那些被舞姿吸引来的异性晾在一边。很多事情当然是有意义的，也能带来乐趣，可您不觉得，如果长期沉迷于其中，这一生不就停滞了吗？沉迷于筑巢的鸟没法求偶，沉迷于跳求偶舞的鸟没法开始恋爱。如果他们已经进入下一个阶段，仍然沉迷于这些事，就会给生活带来很大麻烦。您能想象一只应该觅食哺育幼雏的鸟跑去建造一个自己用不上的巢穴吗？或者去跳求偶舞吸引那些根本不会与之结合的异性？以我的观察，在鸟类的世界里这种沉迷非常少，而且会被视为病态。"

所以我这个过着单身生活、沉迷于咨询工作的人，在你看来是病态的！梦许克制着轻微的不悦，说：

"嗯，那可能是因为人类已经不再把种群繁衍看作最重要的事了。"

"为什么？"

"也许因为我们的数量已经几十亿了，不是什么濒危物种，远不用担心自己会灭绝吧。"

"嗯，我也不担心这个问题。像我们杜鹃，简直是鸟类中的败类，当然是灭绝掉比较好。可您不觉得生命应该有种'历程感'吗？一种'向前进展'的感觉，像一棵树，一年比一年高大，每年都增加一个年轮，种子落下来，滚到附近，或者被我们鸟儿吃掉，带到遥远的地方拉出来，然后继续发芽、生长，成为大树……那种，怎么说呢，生生不息的感觉。"

"能不能这样理解你的困惑：出于内疚你不想再繁衍后代，但这样你就失去了一种感觉——仿佛自己是生生不息的某种东西的一环。所以你希望找到什么事情，让自己可以拥有那种感觉？"

"是这样的。"

一阵沉默。杜鹃女士又问：

"那王老师，您是怎样找到这种感觉的呢？难道是……做心理咨询师吗？"

梦许感到内心什么地方震了一下。

"这个么……"

她知道有些话应该去跟长臂猿说。很多没有督导又不够老练的咨询师，经常会把本该对督导说的话说给来访者。但此刻她想试试。眼前这位来访者很聪明，而且是女性。长臂猿需要这种生生不息的感觉吗？她没问过，但本能地觉得他可能和很多人类男性一样，只希望进出自己卧室的女性往来不息，直到时间尽头。不少男性还有一定要生个儿子、让他继承家业光宗耀祖的偏执，但除此之外他们有多在乎自己的孩子呢？对孩子死在堕胎手术台上不以为意；日子艰难时抛妻弃子，日子好了仍要抛妻弃子另寻新欢；闹饥荒时吃掉他们，如果"不忍心"就易子而食……孩子仿佛只是他们事业的一部分，而他们也许早就对种群的未来绝望至极。

"嗯，某种意义上讲，心理咨询的确是种替代性的精神养育。很多症状和问题背后，常常是没有获得充足、良好的养育导致的性格不成熟。心理咨询通过对话和其中的情感互动，重新养育这些性格，让他们继续成长。里面是有你所说的生生不息感吧。多少有点，我不否认。"

杜鹃女士点点头。

梦许觉得有些心虚，又补充道：

"不过这种感觉也不是心理咨询师独有的。教师、医生，他们大概都能感觉到自己的工作是在延续未来。另一些职业，比如建筑工、服务员，也是在延续未来，他们帮其他人减少了生活中的艰辛和不便。"

"那如果是专门给杜鹃治病的医生呢？专门教杜鹃如何穿衣打扮的老师呢？他们会有生生不息的延续感吗？"

梦许深吸一口气，轻轻苦笑一下：

"我不知道。这世上的确有很多生命，就像你讨厌的那些同类，只在乎自己，只为自己的快乐而活。摔死在地的雏鸟、抱憾终身的父母，甚至比这更悲惨的，他们都不在乎。同时有其他很多生命，每天辛劳工作是在给他们提供便利。听上去也许很无奈，但这就是我们所处的世界。"

杜鹃女士的脖子往领子里缩了缩，闭着眼睛，显得有些痛苦："世界果然是这样的……"

梦许感到一种似曾相识的凝重。她也曾在长臂猿面前——那时他还没搬到山里，咨询室是在闹市区一间狭小的地下室里——体会过几次这种沉重、悲哀、无力混杂的难受：世界原来是这样子的。说起来，类似的感觉从童年就开始了：有人告诉她圣诞老人并不存在，后来有人说守护天使也不存在，再后来，她发现教科书里讲的很多东西都不存在。包括心理咨询教科书，其中描述的那些如侦探小说般环环紧扣、逻辑缜密的咨询进程，在真实的咨询中，啊，存在十分之一就不错了！

这大概就是成长吧，痛苦的成长——不断放下幻想，不断看到更真实的世界，并生活在其中。

梦许重重地叹了口气，引起了杜鹃女士的注意。她有些感动地看着她，许久，说：

"谢谢您，王老师，我觉得，您是懂得我的。"

梦许起初有点惊讶，反应过来，随即心中礼炮齐鸣：

长臂猿，快看我！干得不错吧？我自己都没想到！这大概是这间咨询室里第一个"相遇时刻"了！这是演奏者和观众心神领会的共鸣时刻！是作家找到了那个最恰当的句子并被读者读到的时刻！

梦许随即有些失落地意识到，她只有一位观众、一位读者，仅此一位！而当对方化解了这些烦恼，认真投入生活，很快就会忘掉这一刻，就像骨折康复的人忘掉自己曾经用过的拐杖。心灵会在这种深层的接触和共鸣中，像花朵般层层绽放，说来也算是一种生生不息了。可它了无痕迹，像落进花盆里的水滴，自我完全消融，变成植物的一部分。

难道这就是自己度过这一生的方式？看着沉浸在领悟和感动中的杜鹃女士，梦许又感到了某种困惑。

神秘少年 13

神秘少年约定的那个中午，梦许比平时更早、更仔细地确认了各个细节，然后坐进自己的沙发里，认真思考可能出现的状况和对策。

秒针指到十二的瞬间，门铃响了。少年的装扮和上次一模一样。他自在地走进来坐下，仿佛是在自己家，然后直直地盯着梦许，一言不发。

这像是一场看谁先憋不住的比赛。梦许沉默着与之对视，内心有两股力量在缠斗：一部分是被激起的好胜心，想挫挫少年的锐气，免得又被他牵着走，于是打定主意决不先开口。另一部分则有些担心：这才第二次咨询，对方又是个容易生气的人，沉默时间太长，恐怕更容易激发对方的负面情绪，不利于咨询关系的建立。

她煎熬着，渐渐不觉得在煎熬。尴尬和冷场并非不可容忍，有时会渐渐习惯，从而放松下来，变得像亲密的朋友那样，不说话也很自然；有时则会麻木，开始神游，仿佛眼前的人化为一件家具。

作为咨询师，她还得要求自己在沉默中不断感受，感受自己，感受对方，来来回回。可对方如此捉摸不透，她感受不到任何确定的东西，就像进了考场的差生拿到一张用从未学过的外语出的卷子。

她在纠结、焦虑和麻木之间摇摆不定，目光不时落到小座钟上。

指针若无其事往前走，六分钟，七分钟，八分钟……她又焦躁起来。如果真是考场里的差生，把名字写上去交白卷就好，可这是她的工作，每一分钟都要收钱，都做了职业承诺，不可能因为对方不说话就结束咨询。

躁动感在身体里四处游移，她暗自深呼吸，不仅不能平静，反而愈发感到体内一股股能量向上涌动。再瞟一眼座钟，已经十四分钟了。这些能量越来越强，越来越混乱，她的身体开始不受控制地微微晃动起来。

再看对方：仍然纹丝不动，盯着她，像个科研人员盯着显微镜冷静地观察细胞分裂。

梦许决定认输：

"你刚才在想什么呢？"

"我在想你在想的事。"

这个经常问来访者的问题，还是第一次得到这样的回答。

"上次结束前，你说我还没搞清楚你要谈什么。那你来找我，是想谈什么呢？"

"我决定不告诉你。"

又是一道超纲题，梦许噎了一下。

"为什么呢？你是不是担心……"

"不是担心保密的问题。那件事几乎家喻户晓。正因为家喻户晓，我担心你一旦知道，会对我抱有成见，那样就没法和我咨询了。"

"可你如果不告诉我是什么事，我也没法和你咨询啊。"

"可以的。"

"怎么做？"

"就像刚才那样，静静坐着。"

梦许想起从前在长臂猿的地下室里，她也曾给他出过一道超纲题：

"你总说如果不想说话就不要勉强去说，那如果在一节咨询里，来访者一句话不说，静静坐着，咨询师也一句话不说，静静坐着，两人沉默一整节，到点结束——这还算是咨询吗？"

她当时只是想抬个杠，像小孩和父母抬杠一样挫挫他的威严。不想他却说：

"当然算。世上少见 100% 纯度的黄金，但你说的这种情况，就是 100% 纯度的咨询了。咨询的终极状态，是两个人共同的冥想。这不是两个人有话不能说，各怀鬼胎地闷坐在一起。而是双方不断沟通、碰撞，最终方方面面都彼此懂得之后，只需要借助对方的存在，就能充分自由联想，自我分析，相互感受、确认，达到咨询的效果。"

就连她和长臂猿之间，最长时间的沉默也只有十分钟。眼前这小毛孩子，刚开始咨询就想挑战最高难度了？虽然他看起来悟性过人，但梦许不相信：

"你不希望说点什么吗？"

对方挑衅地看她：

"是你希望我说点什么吗？"

梦许脸上一阵燥热。她加深呼吸，努力让自己镇定下来：

"嗯……当然，咨询师当然希望来访者说出自己的困扰，否则咨询怎么开始呢？"

"咨询早就开始了，这都第二次了。"少年换了个放松的坐姿，摆出一副教育小孩的神情，"好吧，那我就跟你说一说，为什么我们可以一言不发。你知道刚才我在想什么吗？"

"不知道。"

"沉默的时候，我感觉到你在和我较劲，一种'我就要制服你'的念头，让我想到了我父亲。我和他之间最大的问题就在这里：他有一种非要制服我的念头，而我，有一种就不愿意被人制服的念头。"

"你就是不愿意被他制服。"

"别重复我的话好不好？我知道这是你们咨询师的一种对话技术，可是听起来很奇怪，好像我们俩至少有一个人是傻子一样。"

"我只是想确认，你的不愿意被'人'制服，其实是不愿意被'他'制服。"梦许有些不服气，却感觉自己耳根子都红了。

少年鼻腔里哼了一声，仿佛不屑和她纠缠这种细枝末节：

"你们这个时代的女人，总喜欢说什么父权，什么爹味，说得好像全是男人的劣根性。这其实是人类的劣根性，你身上就有。女人没有像男人一样霸道，是因为不能，而不是不想。"

梦许的脖子也开始发热了。

"我有个朋友，很多年的老朋友了，他的名气比我还大。他身上也有这种东西，更强烈。我被师父管教不会动气的，在更有威严的人面前，鞠个躬行个礼甚至认小伏低问题也不大。但他，不愿被任何人制服——也许因为他是孤儿吧。这样的人当然很难在这世上长期生存下去，所以他后来还是被制服了，被制服得很惨，一路折腾了很多年，但也有所收获。这样一来，他倒像是完成了什么，戾气比早年少了不少。而我，还是老样子。"

少年第一次露出淡淡的笑——苦笑，让梦许有些触动。

"你也希望像他一样吗？"

"没那个必要，也没那个可能。你们凡人总希望自己变得像谁一样就可以如何如何，但如果能站在我们的位置上，就会发现，万事万物都在奔向自己独一无二之处，天地间容不下复制品，就像你们说的'自然界容不下真空'。我这位朋友就曾有个敌人，音容相貌都和他很像，出身类似，本事也不逊色，简直可以以假乱真。要说这样两个人，结拜兄弟不好吗？但是没有，敌人就是敌人，你死我活，只能留下一个。如果不是那么像，也许不至于非要为敌。"

梦许若有所思，有点猜到他是谁了。虽然能找出一万个理由并不是他，但那个形象一旦出现在脑子里，就牢牢盘踞纹丝不动，一定要跟眼前这个少年重合起来。

"扯远了。我想说的是，我老觉得自己还没长大。我的真实年龄不是你看到我的相貌就能猜到的。也许你们凡人羡慕什么'永远的少年'，但我不，我已经做够了少年，我想长大，想知道那是种什么感觉。可好像差了点什么，总是不行。"

"你觉得是差什么呢？"

少年软化没多久的表情又强硬起来："王梦许咨询师，你才是心理专家，你觉得我差的是什么呢？"

这道题并不超纲。来访者经常问咨询师："你觉得我要怎样才能……"他们并不总是在问怎样才能摆脱症状的困扰、怎样才能顺当地生活、怎样才能挽回一个人的心……在这条路上走了一段时间的来访者，也会问到问题的本质："我要怎样才能成长？"但这个问题出自眼前这位少年，角度实在刁钻。

梦许想起了《小王子》里，那个金色围脖被小行星上的风吹起的少年。也许他们是同一个世界的人——那个亦真亦幻、承载着众多原型和想象的古老世界。如果能介绍他们成为朋友就好了，两个截然不同的文化背景中年龄相仿的少年，坐在同一片星空下，聊聊彼此的经历和感受，或许会让双方都有成长。

他们会聊什么呢？一个说他的玫瑰、他的狐狸、他的星际旅行、他的人生感悟；一个说他和他父亲，控制、挣扎、怨恨、自戕，重新活一遍还是怨恨，反反复复如同鬼打墙。梦许仿佛看见星空下相邻而坐的两个少年，粉色的围脖和金色的围脖朝着相反的方向飘飞。

粉色围脖的少年等在那里，耐心却又不耐心，仿佛要看对方能拿出什么本事。

如果这个难题抛给周老师，他会说，既然这才第二次，他对自己的经历又那么讳莫如深，不妨告诉他，以她现在收集到的信息，无法回答这个问题，她需要了解更多才能知道他卡在哪儿了——这样正好把球抛给对方，建议对方多说一些自己的事。第二次嘛很正常，周老师会眯笑着安慰她：很多咨询师做评估都要做四五次呢！

但长臂猿藏在暗处的声音会响起：忘掉那些油滑的话术吧，也不要轻易躲进人群中寻求安全感。来访者的每一个问题，乃至每一句话，都是一次试探、一次考验，是对咨询师人格的试探和考验：你能和我连接吗？能理解我吗？能承载我吗？当然，你不需要每一次都能，但如果不能，就不要用话术去掩饰、搪塞，那样只会让对方反感。

梦许摇头道：

"我还不知道。"

少年噗嗤笑了：

"你在我面前还挺老实的。"

梦许松一口气：这下算是踩对点了。

14
河湾咨询室

当晚，梦许查看邮箱，收到一封新邮件：

"王大夫，我这几天胃疼得厉害，刚去看了医生。他开了药，建议我卧床休息几天。抱歉这周不能去找您了，我们下周再见吧。"

梦许嘴角抽了一下，一种叫作"果不其然"的冷笑。那个受过咨询师训练的她觉得这笑实在不妥，第一时间把它摁了回去。

"来访者什么都知道。"她想起周老师眯起睿智的眼睛，竖起一根食指，对着教室里昏昏欲睡的同学们指指点点，仿佛要戳穿他们，"由于这层契约关系，咨询师和来访者的潜意识常常是连通的。如果你讥笑你的来访者，哪怕是在咨询之外，一个人躲在被窝里悄悄讥笑他，他的潜意识也会感觉不对劲。有时他自己也不明白为什么，只是渐渐地不想找你做咨询了，而你也不明白为什么，以为他只是好了，事情就这么稀里糊涂过去了。但幸运的时候，这个问题会浮现出来。他可能告诉你他产生了一个幻想，或做了一个梦：你在偷偷讥笑他。他能说出来，也许是因为在意识层面并不认为你会讥笑他，甚至还期待你像平时一样，给他分

84

析这是个什么样的投射。而你，心跳加速耳根发热，想起自己真的讥笑过他。文献里有过这样的例子——一位精神病性的来访者告诉咨询师：我觉得你怀孕了。咨询师当场诚恳地否认：我没有怀孕啊。没过多久，咨询师发现自己真的怀孕了，去医院检查，再算一算日子，原来，来访者见她那天，她确实已经怀孕了，只是自己还不知道。这一点很重要，古话说'三尺之外有神明'，不是的，是'三尺之外有潜意识'。"

梦许下意识整了整衣领，看了看沙发前河马小姐坐的那块地方，突然听见长臂猿躲在脑海里的某个暗影中发笑："看，你的'优秀咨询师自我审查机制'起来了。这可不是什么好事。放松点吧，精神分析是在追求精神世界的绝对自由，它相信心灵越自由，行动才会越克制、理性、不伤人伤己。因为人性并不是很多人想象的、像原始人那样，心里有了想法就忍不住要去做。我们生活的时代已经不允许我们做原始人了。精神分析不只是要让来访者的心灵获得自由，咨询师的心灵自由也很重要。如果你喜欢上一个来访者，对他产生了性幻想，我会建议你自由、充分地幻想，把这些幻想告诉自己的咨询师或督导，一起来分析。唯有这样，你才能让它们永远停留在幻想层面，而非付诸行动，才能在这位来访者面前平静地做好你的工作。如果你连幻想都不允许自己幻想，事情会变得非常危险，指不定哪一刻你就突然停下咨询，伸手去触摸他……等激情退去，才尴尬地发现自己已经失控了。所以，尽量不要在自己面前假装，尽量不要自我审查。优秀咨询师不是刻意做出来的，当你让自己的心灵真正自由起来，自由到不再用'优秀不优秀'来审查自己，这时的你反而更接近优秀的咨询师。"

好吧。梦许出神地看着那块地板：亲爱的河马小姐，我真想说你是自找的，为什么就不肯认真想想我说的话呢？

她转过来，在邮件下面回复道：

"好的，下周见。祝你早日康复。"

"康复"——这两个字突然让她觉得扎眼，就像还没发现错在哪儿的错别字。什么是康复呢？河马小姐一定觉得康复就是胃病好了可以继续节食。

她删掉最后一句，点了"发送"。

她突然想起了什么，打开一封新邮件，输入道：

"河湾濒危动物园的工作人员：

我是心理咨询师王梦许。贵园安排来和我咨询的熊猫先生，最近表达了一些令人担忧的意愿。考虑到他的特殊身份，我希望尽快和贵园的相关负责人谈谈，以尽可能避免大家都不希望看到的状况。"

她往后一靠，咬着下嘴唇，眯起眼睛盯着这四行字。突然意识到，最后一句话里的"大家"，偏偏把熊猫先生这个主角排除在外了。一种自我厌恶感升起，她连按删除键，重新输入：

"河湾濒危动物园的工作人员：

我是心理咨询师王梦许。贵园安排来和我咨询的熊猫先生，最近出现了一些令人担忧的状况。我可否尽快和贵园的相关负责人谈谈？"

她的手指停在空中许久，才在最后一句话前加了一句：

"为了更好地帮助他。"

她又往后一靠，翘起的二郎腿抖个不停，几次把前刘海狠狠往后撸。

终于，她起身从书架上摸出一只小钥匙，打开写字桌最下面的抽屉，取出一只布包，里面是个白纸包裹的手掌大的东西。

她剥开一张纸，迅速扫一眼上面的字，放到旁边，继续剥开下一张。

很快，桌上堆起好几张皱纸，都是她的字迹：

"不值得为任何事情牺牲自己的健康。"

"你确定要这样吗？"

"深呼吸，再想想别的办法。"

"你确定已经没有别的办法了吗？"

"这里应该放一张你深陷其中时憔悴的照片，可惜当时没拍下来。但我想你永远不会忘记那副模样。"

最后一张纸也被剥开，上面写着："好吧，祝你这次好运。"里面是一只木制烟斗和一小包烟丝。

她跑进厨房拿来打火机，坐到自己的沙发里，把烟丝揉进去，点着，深吸几口，渐渐平静下来。

袅袅烟气中，她想象长臂猿坐在对面来访者的沙发里。她侧着身子，一手叉腰，咬着烟斗，故作严肃地看他：

"你看我像不像弗洛伊德？"

想象中的长臂猿笑着摇摇头。梦许又道：

"来吧，今天该我分析你了，我要一雪前耻！"

想象中的长臂猿又笑了。

"对了，你可不许说出去，"她突然想起什么，扫了一眼桌上那堆皱纸，"我一个动力学咨询师用这么愚蠢的认知行为仪式控制烟瘾。否则我就……"

"你就怎样？"

"我就……"

"我可没有把柄落在你手里。"

"有的，你包庇我了。熊猫先生的事，你早就该通知伦理委员会了。"

"这是我们共同的把柄。"——想象中的长臂猿平静道。

她有些沮丧，又吸了一口：

"说实话，我不喜欢这种共谋的感觉，不符合我的性格。我喜欢直来直去，喜欢透明，喜欢阳光驱散每一个角落的黑暗，让一切真相大白于天下。如果世上真有所谓阿卡西记录之类的玩意儿，太好了，希望有人找到它，公开所有数据。海量的数据，但以我们现在的科技水平应该不是问题。那样，一切都会是透明的，任何人任何时候连上网络，都可以找到发生过的任何事情的真相，不论是外在事件还是心灵的内在事件。很多人刚知道真相时会痛苦：啊，原来枕边人从来没有爱过我，原来小孩不是我亲生的，原来我的偶像是个混蛋，原来我用血汗供奉的神明是吃人的怪兽……很多谎言被拆穿的人则会陷入恐慌：害怕被报复、羞辱，无地自容，甚至想就此消失，靠谎言锦衣玉食的人可能会抱着保险箱躲在衣柜里瑟瑟发抖……但很快大家就会习惯，因为所有人都有这样那样见不得光的事，不过是多少的问题。接受吧，没必要再撒谎了，再多的谎言都会被拆穿，再多自作聪明的掩饰，不过就像把偷了糖的手背在背后以为别人不知道的小孩。世

88

界就此走向大同也未可知。到了那时，我也不用为要不要联系派出所烦恼了，反正他们都知道。"

想象中的长臂猿哈哈大笑，说：

"真是个美好的愿望！可这不是宇宙运作的逻辑。宇宙并不要一个光明遍布一切角落的结果，它只要展开，要这个展开的过程。就像呼吸一样，气吸进去，吐出来，如此往复，有什么意义呢？它维持了生命。生命在其中盼望、恐惧、挣扎、挫败、获得、失落……在这个循环中折腾，磕磕绊绊走向成熟。你也在这个过程里。在你个人生命能延续的时间跨度上，绝对透明这件事并不会发生。但你活在一件很有意义的事情里：就是增加心灵世界的透明度。你帮别人更了解自己的内在，也更了解他人的内在。你向幽深莫测的大海投下一束手电光，照亮了很多常人并未见过的小鱼小虾，这就很不错了，为此，还不能容忍下巴底下的一小片阴影吗？"

梦许吐了个烟圈，用烟斗指着对面的空沙发，得意道：

"如果我把你刚才说的这段话公布于众，你就身败名裂了，一个来访都不会有！多么精美的防御，一位名不见经传的督导为自己的失职行为所做的华丽辩解！"

想象中的长臂猿敛起笑容：

"你总是这样把问题扯到我身上，就很没意思。面临这个难题的是你，要去做选择的是你，我只是这件事里的一个小配角，帮你整理思绪而已。"

梦许深吸一口气，沉默了一会儿，打开邮件，按下了"删除草稿"键。

蛤蟆先生 15

蛤蟆先生要来的那天，梦许用名片盒做了一个迷你纸巾盒，把纸巾裁成小张，叠好放在里面，再把小盒子放到沙发上。忽又想起周老师的话："纸巾盒当然要放在来访者方便拿的地方，但也不要太近、太显眼，否则像是给对方一种暗示：'你到这里来，就是应该哭的。'"她犹豫了一会儿，把盒子移到了沙发扶手上。

随后来到门外，丈量并调整了白色门铃的高度，把梯形户外花架搬过来，弯腰，伸出食指和中指当作腿脚，模拟一个小人儿从地面跳上来，沿着绿植间的空隙层层往上，到达最高处，轻松按响白色门铃。

她后退两步，左右端详，又上前调整绿植的位置。来回几次，直到花架上的通路从低处看很容易发现，从高处看却并不明显。

约定时间到了，门外响起的却是一声"当——"。开门，看见蛤蟆先生站在地上，穿着一件白T恤，一条牛仔裤，戴一顶球帽。

仿佛察觉到梦许的意外感，蛤蟆先生往里走时，有些故作镇定：

"那个，天气热起来了，礼服穿不住。并没有不尊重您的意思，王医生。"

梦许把想说的话忍住了。她坐下，看着蛤蟆先生跳上沙发，坐在平时的地方，决定等他先说。

"王医生，我们可以接着上次的地方继续谈吗？"

"当然。"

"我想知道，在您看来，如果一只动物爱上了别的物种，是不是意味着他有问题？我是说，这里——不太正常？"他摘下帽子，用连蹼的手指对着满头疙瘩的脑袋胡乱比画了几下。

梦许觉得，如果没有真正见到过一只爱上天鹅的癞蛤蟆，她也许会有这种想法。但上次和长臂猿谈过之后，她已经放下了。来吧，让这个世界再自由一点，不要给个体之间的关系定那么多条条框框，既然她可以找一只长臂猿做督导，蛤蟆先生为什么不能找一只天鹅做女朋友呢？梦许打定主意，今天一定不在这个点上和他纠缠了，为他的单相思助威吧！

——否则，咨询还能怎样继续下去呢？

心里这样想，行动上，还是要先给一个教科书级别的稳妥回应，慢慢等待机会：

"你是怎么想到这个问题的呢？"

"嗯……我希望有谁能告诉我，我是不是病了，或是某种类型的'变态'。"

"是或者不是，对你而言会有什么不一样的意义呢？"

"如果是，当然希望您能帮我治好它，或者不能的话，至少告诉我哪里可以治好它；如果不是，啊，那我只能继续原来的苦恼了。"

梦许笑了："听你的语气，好像还更希望能继续原来的苦恼。"

蛤蟆先生也笑了："这个嘛，王医生，我想没有哪个单相思的会希望别人告诉他这是在生病。"

梦许真想把周老师在课堂上说过的话告诉他："其实爱上一个人的状态和精神病是很相似的：都会扭曲现实，情绪起起伏伏，对生活的其他面向丧失兴趣，陷在自己时而乐观时而悲观的幻想里惶惶不可终日，并逐渐丧失和他人、和真实世界的连接。而且，精神病人缺乏自知力，总觉得自己没病，这一点，陷入热恋的人也是一样。"

自然也不能少了当她把这一席话带进长臂猿的地下室时听到的评议。她记得他有些不屑地耸耸肩："好吧，如果非要说是一种病，那也是一种自限性疾病，就像感冒。唯一好转的方式，就是完整地经历一遍，让它走完自己的历程。"

——这主意也许不错。

"老实说，之前我也有点怀疑，这是不是某种……'偏差'。毕竟我这一生，不论在生活还是工作中，都没遇到过这样的事。不过最近我仔细想了想，觉得并非没有先例。就说我们人类吧，第一个和部落之外的人谈恋爱的人，第一个跨越民族、肤色、文化、阶层或宗教信仰结婚的人……他们都是打破禁忌的先驱。就像你提到的，人类积累了浩如烟海的文艺作品歌颂伟大的爱情，但爱情伟大在哪里呢？也许因为爱情是自由的先锋吧，它总是引领人们突破重重阻碍，去扩展自己的人生。"

蛤蟆先生大大的眼睛水汪汪的，梦许怀疑自己是不是有点过，故作轻松道：

"嗯，我只是想说，也许爱上另一种动物，并没有什么不对。"

蛤蟆先生大大吐出一口气。

"谢谢您，王医生，我终于听到了让我感觉舒服的话。"

梦许有些哭笑不得：怎么自己的工作就成了说一些让对方感觉舒服的话了？

她陪着感动的蛤蟆先生沉默着。蛤蟆先生再度开口时，语调精神起来：

"那么王医生，我现在该怎么做呢？我是指，要怎样才能追求到天鹅姑娘呢？"

咨询就是这样，你以为解决了一个难题，其实只是为一个更大的难题扫清了障碍。但梦许此刻决定跳过这个难题，把单相思的历程向前推进：

"那你有过什么幻想吗？如果你能成为天鹅姑娘的男朋友，你们会怎样相处呢？在一起做些什么呢？"

蛤蟆先生想了想，小声道：

"说实话，我一直有种冲动要去幻想那些幸福的场景。但直到今天咨询之前，即便在最大胆的梦境里，我也不敢想象和她在一起会是什么样。不过您既然问了，我倒是壮着胆子想了一些。"他羞涩地笑了一下。"那我就稍微说一说吧。"

"好的。"

蛤蟆先生正了正坐姿，把两只手对称放在两边大腿上，清了清嗓子，仿佛马上要接受电视采访，说：

"我想，我们会一起在河湾湿地的水域里巡游吧。嗯……就像现在这样的天气，春光宜人，我们在微凉的水里缓缓游动——好吧，这水对我而言是太凉了点儿，因为我身上没有羽毛，体形也小。我们蛤蟆当然更喜欢在夏天的泥坑里打滚。不过这不是什么大问题，我们很快会遇到一块光滑干净的石头，我会跳上去晒太阳，她则继续待在水里，在我身边游来游去。"

"嗯，然后呢？"

"然后……我们大概会聊天吧，她会跟我讲南方的见闻，比如……我也不知道啦，她还没跟我讲嘛。我呢，会讲讲她不在的季节里，湿地一带的各种趣事，比如……嗯……比如王八家三兄弟，他们是我的好朋友，有很多滑稽的故事。王八小五、王八小六和王八小七，他们的个头一个比一个小——呵呵，当然了，否则为什么要叫小五、小六和小七呢？游水的时候，小六喜欢趴在小五背上，小七则趴在小六背上，像叠罗汉。他们仨嘴也很碎，一唱一和，到处八卦，形影不离。不过一到饭点，听到王八妈妈叫他们回家吃饭的声音，他们仨就迅速解散，各自找地方躲起来，让王八妈妈一顿好找。哈哈哈。王八妈妈经常找到这个找不到那个，找到那个这个又不见了，气得直跺脚，哈哈哈。那样子简直太好笑了，哈哈哈哈……"

梦许起先还听得兴致勃勃，后来感觉空气中开始积累起一种难言的尴尬，等蛤蟆先生捧腹大笑气都喘不上时，这种尴尬浓到了极点。她僵在那里，两根眉毛拧起来。

蛤蟆先生察觉到只有自己的笑声回荡在房间里，感到有些突兀。他停下来，双手手指相互拨弄了一阵，说：

"抱歉王医生，刚才有点得意忘形了。我说到哪儿了？对，我会跟天鹅姑娘讲河湾湿地的趣事。在我的幻想里，她听得很入神，常常被我逗得咯咯直笑，呵呵……

梦许下意识眨了眨眼。

"当然啦，虽然我们尽量找安静的地方相处，但还是会被发现，也许被王八小七他们，也许被其他雄天鹅发现。不过呢，我们都会大大方方介绍彼此。王八小七会说：'啧啧啧，这位漂亮的姑娘是谁啊？'我会说：'天鹅姑娘你都不认识吗？河湾一带最美丽的姑娘！''我当然知道她是天鹅姑娘啦，可天鹅姑娘怎么跟你混在一起呢？''她是我女朋友嘛！'"蛤蟆先生摊开双手，一脸无奈道。

"然后就是那些讨厌的雄天鹅。'天鹅姑娘你怎么在这里啊！''你怎么跟这个癞蛤蟆一起玩啊？''她是我男朋友嘛。'"蛤蟆先生双手绞在一起故作娇羞道。

梦许忍不住笑了。蛤蟆先生看到，更来了兴致：

"然后嘛，不久以后，我会在一个美好的月夜向她求婚。我想给她准备一个惊喜，一个配得上她的大惊喜，让她一生难忘的大惊喜，等我们老了她还忍不住对河湾的小动物们一遍遍讲述的大惊喜。什么样的惊喜呢？——我还没想好。那就让我们先跳过这个部分吧。假设我已经向她求过婚，而且她也答应了——当然会答应的，这是幻想嘛。

"然后，我就去拜见她父母，也带她去见我父母，接下来我们商定婚期，向河湾所有动物发出请柬，准备好新居，举行婚礼……"蛤蟆先生的声音越来越奇怪，仿佛加入了很多不和谐音调，几乎要变成噪音时，突然停了下来。

他垂下脑袋，呼吸急促，仿佛两只鼓起的大眼睛突然变成了显微镜，在整洁的沙发布面上看到许多欢快爬动的螨虫。

沉默中，什么东西在慢慢坍塌。终于，他再也无法忍受，突然从沙发上跳下来，逃也似的跑出去，撂下一句音调颤抖的话：

"抱歉王医生，我得先走了，下次再聊吧。"

外面的门被他扒开一条缝，一道细细的光线闪进来，只一秒钟就消失不见。

梦许一动不动坐了一会儿，拿过对面沙发扶手上的小纸巾盒，放在手上把玩。

16
熊猫爷爷

熊猫先生坐在对面，嘴角上扬。这种哭笑不明的表情让梦许不安，她突然意识到什么，脑子飞速旋转。

这种感觉像极了她不时会做的一类噩梦：回到学生时代，她来到学校里，看见教室门口同学们神情严肃，排着队鱼贯而入，这才想起来：啊，今天是期末考。然后紧张地翻书包，勉强找到了笔和橡皮。可现在考的是哪一门呢？一些排队的同学还捧着书在复习要点：啊，是思想政治。继续翻书包，找到一本崭新的思想政治教科书，还散发着油墨香气。会考什么呢？这才想起之前的课都被她逃掉了，连画重点的复习课都没来。好歹看一看，不能交白卷——她抱着这样的想法翻开书，却发现上面的字像一大群在做布朗运动的蚂蚁。

整个学期怎么都没把这门课放在心上呢——她在心里鞭策自己。她并非不努力，一整周她都在纠结到底是忠于来访者还是忠于伦理规定，最后总算决定把这件事先按下，等等看——然后就以为不用再复习了。此刻坐在熊猫先生对面，才突然想到：这不够啊，她应该准备好谈话方案，问出来他到底要报复谁，要怎样报复——才有可能真正拆除那颗炸弹。

可她居然忘了，只是傻傻地坐在这里，和平时一样，等对方先开口！

长臂猿的声音不合时宜地从脑子里冒出来："我在想为什么你的潜意识会用思想政治考试来代表心理咨询呢？而不是英语化学什么的？"

她不胜其烦地在心里答道：这种时候还有闲心解梦！因为对我来说，这门课没有什么逻辑可言，也不是死记硬背，而是猜，猜出题人的意图，猜他想看到怎样的回答——最终这门课考验的是对某一类人的人性的理解！可是现在！死猴子，我该怎么把他的报复计划挖出来呢？

"小王啊。"熊猫先生先开口了，声音意外地慈祥，像一位安享晚年的老人招呼来探望他的孙女。梦许一激灵。

"这个星期我把我们的咨询协议仔细研究了一下，发现了一些有趣的东西。可以和你谈谈吗？"

"当然。"一种不祥的预感升起，梦许的脑袋开始嗡嗡作响。

"按照你们咨询师的职业伦理要求，除了来访者，你们也有义务保护好来访者身边的人，对吧？"

"嗯……是的。"

"按照职业伦理要求，虽然咨询师需要对来访者的话保密，但如果来访者在咨询中表达出要伤害他人的意愿，此时就适用'保密例外'原则，咨询师需要立即联系当地派出所，请警察介入，以免来访者真的伤害到别人，对吧？"

"是的。"梦许觉得眼前这个生物有种异样的可怕，像朵离她只一米远的巨大乌云。

"那你想不想知道我这个星期过得怎么样呢？就像你平时开场白问的那样。"

梦许说不出话。

"我这个星期过得很好，按时吃饭睡觉晒太阳，也按时吃药打针，想做什么都有人配合，一切平静如常。"熊猫先生停了停，轻松道，"这就说明你已经违反职业伦理了，对吧？"

梦许倒吸一口气，憋住了呼不出来。

"如果这件事被别人知道，你的职业生涯会受到影响，对吧？"熊猫先生的声音渐渐压迫过来，"恐怕你就没法在河湾一带待下去了。"

梦许心跳加快。

"我不知道你为什么来这里——为什么离开原来的地方到这里来，但我猜，会不会是类似的原因呢？"

梦许本能地想抗辩，告诉他搬来这里的原因。当然，周老师，绝大部分人类咨询师，都会反对她在这一刻做自我暴露。但即便她可以畅所欲言，说出来的也只是一个荒谬的人类世界，和熊猫先生说过的并无二致。而她在其中的处境，比他在其中的处境已经好太多。

"你为什么这样做？"熊猫先生逼问道。

梦许鼓起勇气看着他，还是有点难以想象，长着这样一对向外下垂的黑眼圈的脸，背后会有什么恶意。

大部分来访者对咨询师大体上没有恶意，因为那是一个要付费去见的人。当然会有负面情绪：不满、愤怒、厌恶、失望、怨恨……但这些都算不上恶意，只是关系中必然会遇到的波折。可那些第三方付费的来访者不一样，在他们看来，咨询师不过是第三方收买的专业人士，在咨询开始前已经坐歪了屁股。

眼前这位呢？她飞快回忆着前面两次咨询的对话。人生阅历告诉她，大部分人在大部分时候是软弱而充满欲望的，一点威胁，一点利诱，就会让他们破坏自己的承诺，推翻曾经信誓旦旦拥护的东西。工作经验则告诉她，唯有稳定健全的高功能人格，才可能持续地表现出"善良""正直"这一类品性。

而眼前这位，身上的黑毛和白毛看起来大致一样多。啊，也许这就是人们谈论道德时的真实处境！他们会教导别人：不要这么极端啊，世界不是非黑即白，很多时候是灰色的。——他们错了，黑和白并没有融合在一起。世界是一只熊猫。

住在她心里的长臂猿又发声了：很多小说和电影把心理咨询师塑造得像个侦探，这实在是大错特错。侦探总是怀疑对方说的话，心理咨询师却应该尽量相信对方；侦探的目标和对方是对立的，一个要掩藏、一个要揭穿，心理咨询师的目标和对方却是一致的，就是理解和被理解。当你在咨询中感觉自己开始像个侦探时，最好停下来，看看到底哪儿出了问题。这份工作没那么考验智商，更多时候考验的是勇气——老实说话的勇气。

梦许深吸一口气道：

"为什么没报警，这个问题连我自己也没法回答。也许因为我常常想到你的日常生活，从早上醒来到晚上睡着，从出生到现在，每一小时，每一分钟，每一秒。也许你觉得它糟透了，所有的事情都被安排好，没有选择，没有出路。可里面应该不是一片荒芜，否则你不会活到现在。荒地上有小草，有野花，泥土里有蚯蚓、西瓜虫，虽然卑微，也是生机。就像你的生活，至少还可以晒太阳、洗澡、出来逛逛、找人说说话。我不愿亲手把这点生机和自由也毁掉。"

一口气说完，梦许突然意识到，她已经不把熊猫先生称为"您"了。

"哪怕你应该那样做？"

"说实话，我在犹豫。今天本想问问你，打算报复谁，怎么实施。问清楚了再做决定，说不定还有余地。"

"如果没有呢？如果我告诉你我就是要无差别杀死来动物园看我的小孩，而且明天就动手呢？"

一阵沉默。

"现在我想象不出。如果真有那一刻，到时候再说吧。"

"那我现在就告诉你。明天一早动物园开门后，第一个接近我的小孩就是我的攻击目标。啊，如果是一群小孩一起进来，我也许会先和他们玩一会儿，等他们尽可能聚集到我身边再下手。"

更长的沉默。

"如果您不是在开玩笑，咨询结束后我就联系派出所。很抱歉，我是人类。相比别的物种，我更在乎自己的同类，相比老人，我更在乎孩子了。"

"所以你刚才说的，我日常生活中那些小小的生机和自由，现在已经被你抛到脑后了？"

"是的，我不想做这种艰难的选择，但如果非做不可，我会选择牺牲你。"

说完这句话，梦许松了口气。就这样吧，大不了让他不高兴，下次不来了。这种烫手的老山芋，最该丢给那些自命不凡的天价咨询师，反正他不差钱。

"哈哈哈……小王啊，你的回答并不让我满意。"熊猫先生换了个坐姿，"不过呢，足以把你和葆庆春那帮人区分开了。"

梦许困惑的表情似乎让他有点开心：

"我很少信任人类，也不怎么信任大部分动物，包括其他熊猫。身价越高，你就会越孤独，你不知道接近你的人到底想要什么。很多时候事情并不复杂，他们只是想从你的人设上挖点什么来满足自己的欲望或幻想——总之不是为了你好。这种感觉并不好，在你们这个物化的人类社会里，被物化得最厉害的，就是那些身价最高的。

"扯远了。如果不是为了考验你，我并不想让你担惊受怕——不论是为我还是为你自己。现在该让你宽心了：我并没有打算报复谁或伤害谁，不论人还是动物，有罪的还是无辜的。"

"您是说，上次那些话是在考验我？"梦许有些恼火。果然是个老戏骨，没白做那么多年广告代言。她忍不住冲口而出：

"那我怎么相信你现在说的就是真的呢？"

"啊……"老熊猫似乎在微笑，"虽然我在孤独、沮丧、失眠的时刻，或噩梦中有过那样的念头，但并不会。我这一生唯一值得自豪的事，就是没有伤害过任何人或动物。我没有拍死过一只蚊子，因为我动作迟缓；我没有吃过一片肉，因为我除了竹子什么也消化不了——不管为什么，反正我对保持这个纪录感觉很好，并不打算在最后时刻晚节不保。"

好吧，梦许决定放松下来先听他说，毕竟真正的反社会人格身上是极少见到幽默感的。

"我不像很多人类那样逆来顺受毫无骨气，却假装成宽宏大量的圣人。复仇是有意义的，它的意义大过生活中很多琐事，有时甚至大过活着本身。但是，托葆庆春的福，我不傻，而且还算有些见识。让我这一生成为悲剧的，并不是某个具体的人，或某个关于我的决定。相当多的人类默默参与了这件事，却对自己的罪孽毫无察觉。他们觉得自己和婴儿一样无辜：我有什么错呢？不过是去逛了动物园，我又不是探险家，如果不去动物园，上哪儿能看到那些珍稀动物呢？我不过是希望自己不要老得太快，看了广告就掏钱去买保健品。如果我不买，动物园和葆庆春的工作人员都要失业了呢！难道他们的家人和小孩活该饿肚子吗？——这就是你们人类，不仅缺乏反思，还喜欢把自己说得很了不起。"

梦许感到厌烦。熊猫先生、长臂猿，稍有阅历的动物，都会憎恨当前由人类定下的世界秩序。但和她说有什么用呢？她不过是这座大厦上修补墙面裂缝的一个泥水匠。

"是啊。不过先等等，您为什么要考验我呢？"

"这个问题问得好。为什么呢？考验你，当然是因为既不完全信任你，又没有完全觉得你不可信任，总之要确认一下你值不值得信任。你喜欢问为什么，好吧，为什么我要确认你值不值得信任……你呢？小王，你有没有考验过别人呢？"

梦许突然想起了什么。

"你的表情告诉了我答案。那么，你当时为什么要考验对方呢？"

"因为……因为我有更重要的事情要告诉他。"

"哦，哈哈哈。"

"你也有更重要的事情要告诉我吗？"

"更重要的事情，"熊猫先生已经伸手去摸索沙发旁的拐杖了，"更重要的事情总会有的，我们可以下次来谈。"

长臂猿 17

周一上午，在长臂猿的木屋外等了两分钟，梦许准时按下门铃。

门打开，她自顾往里走：

"不喝果汁，要一杯冰水，谢谢。"

长臂猿倒了一杯冰水放在她面前：

"我很高兴你开始把这里当作自己的地盘了。"

梦许不搭腔，举起杯子一饮而尽。

"外面已经这么热了吗？啊，你好像在生谁的气。"

"不知道。也许吧。"

"那个扬言要报复别人的熊猫，他没事吧？"

"他？哼，这次来的时候说了，并没有想报复谁，讲那些话只是在考验我。"

"你呢？还没有启动'保密例外'吧？"

"没有。"

"那真是太好了，有惊无险。"

"好？害我担惊受怕一整周。真不知道这份工作是图什么。"

"这种情况下，你就是为担惊受怕拿薪水的嘛，就像海滩救生员，坐在那里一动不动，盯着几个冒失的旱鸭子一盯一下午，虽然最终什么也没发生，但他的存在是有价值的。"

"这种时候你应该共情我，而不是说教！"

长臂猿笑笑："那我是不是应该先付你钱呢，王督导？"

梦许不说话。等了一会儿，长臂猿打破沉默：

"现在想来，这事也怪我。上次你来找我督导，说起熊猫先生要杀人的事，当时我本该认出来，那只是一次考验。"

"怎么说？"

长臂猿看着地板，摸着下巴上的毛，轻晃脑袋道：

"那个点过去得太顺利了，顺利得蹊跷。我本该抓住它，可当时又觉得你还有其他事情想说，就暂且放过了。"

"哪里蹊跷？"

"你看，你带来这么大一个难题，我们居然没有深入讨论各种可能性和对策——就像教科书里认为应该做的那样。你只是考验了我，看我愿不愿意站在你这边，而不是职业伦理那边。发现我通过了考验，你居然就放松下来，平淡地说你要再考虑考虑——然后我们就换了话题，好像这个难题你本就打算自己做决定，说给我听只是为了考验我。"

"你是说——"

"平行动力。"梦许和长臂猿异口同声道。

"没错，他考验了你，于是你也下意识地跑来考验我。我通过了考验，选择站在你这边，而你也通过了他的考验，决定暂不破坏这份信任。来访者和咨询师之间发生的事，在咨询师和督导之间又发生了一遍，像两条平行线。平行动力释放完毕，咨询又回到了正轨。这一切都是在无意识中发生的，无意识层面的主题一直是'考验'，而不明就里的意识，以为熊猫先生真的要杀人了。"

梦许突然举起双手，把脸埋进去：

"这份工作真是受够了！"

"嗯，被来访者耍的时候我也有过。那种感觉，怎么说呢，大概是错付了真心吧。我记得你上周的样子，你很同情他，太同情了，为了他连职业伦理都放一边，还把我拉下水。可是现在……"

"不是你说的那样，笨猴子！"梦许抬起一张仿佛五官受到过多重力影响的脸，"老熊猫那件事还好，毕竟他不是真的要对谁做什么，我也松了一口气。可还有很多别的事呢。"

"哦？嗯，是什么呢？"长臂猿这才想起，今天督导开始时，是他发起话题，先提了熊猫先生。他想当然地以为梦许气呼呼的是因为熊猫先生。

"老猴子，我问你一个问题。"

"说。"

"你为什么不生小孩？"

"是什么让你想到了这个问题呢？"

"少来这套，你先回答我。"

长臂猿同时伸出两只手去挠对侧的脑袋，两条毛茸茸的手臂在头上边形成一个大大的"叉"。

"咝……可是，我为什么要生小孩呢？好吧，时代不一样了。生命还在懵懵懂懂没有清醒的自觉时，繁衍后代是种本能，是进化的结果，不生小孩的个体当然没法把这种不想生小孩的基因传递下来。当生命略有些自觉时，生不生小孩会取决于周围的个体：既然大家都生了，那我也得生一个。但当生命更加自觉时，他开始考虑更复杂的问题：我到底要不要选择去经历那样的生活——繁殖并养育后代？

"在很多动物那里，养育后代并不局限于家庭——尤其不局限于一夫一妻制的家庭。但在我们长臂猿这里，和你们人类相似，还得先建立固定的伴侣关系。至于养小孩，也绝不是件轻松的事，你在婴儿观察训练里肯定已经充分感受过……"

"简而言之，"梦许打断他，"一是嫌麻烦，二是不想失去交配自由。"

"你说得好像这是个纯粹利己主义的决定，但没那么简单……"

"所以三就是，不想把无辜的生命带到这个糟糕的世界上，对吧？"

长臂猿摊开手耸耸肩："好吧，非要这样说也可以。"

"那么，如果不生小孩，你会感到有什么不对劲吗？比如觉得生命不完整，或是像我一个来访者说的，生命好像停滞了，不能再往前。"

"嗯……如果生命最终就该结束于一个父母的身份，那也许是吧。可怎么会有这么奇怪的前提呢？"

"我说的不是理性啊，是感觉。感觉上，有什么不对劲吗？"

"咝……偶尔会有点小失落吧，觉得如果亲手养育一个生命，帮助他一点点长大，也许会很有意思。不过呢，有时看到自己的来访者成长了，好像这个部分又能得到一些安慰。"

"这就是我想说的问题！"

"什么问题？"

"你以前说过，在潜意识层面，很多咨询师都是因为自己的创伤才选择了这个职业，通过治愈别人来间接治愈自己。你又在另一个场合说过，很多个体不愿生小孩，真正的原因是自己的创伤还没治愈，匮乏还没得到满足。所以，像我们这样不生小孩的咨询师，其实是用这份工作抚慰自己没能生养孩子的遗憾，让自己的生命有延续感，同时又不必真正去经历抚养孩子的艰辛，对不对？"

长臂猿思索了一会儿：

"如果就是这样呢？"

梦许也思索了一会儿：

"哎……好像也不会怎样。"

"我们还是和从前一样，日复一日地工作，每周见一面，聊聊你的个案。但至少会有一点不同：我们会意识到，我们之间在普通人看来也许有点高深的交流，其实和那些做父母的找邻里亲戚交流育儿经验，本质上没有什么不同。有了这样的认识，我们就能回到人间，回到地面了，像最普通的人那样做最普通的事。心理咨询并不是什么高高在上的职业，不论来访者叫我们'医生''大夫'还是'老师'，那都只是他们自己带来的问题，而不是我们应得的头衔。虽然，落回地面也许会让我们的自我感遭受一些打击……"

"你又错了，笨猴子。"梦许颇为冷静严肃，"这是一种防御方式。几乎所有人都或多或少带着防御在生活，这是我们行业的共识。但你也说过，我们应该怀有理想，不断发现并放下防御，不断直面内心更真实的自己。这话是你说的对吧？"

长臂猿看了梦许几秒钟，皱紧的眉头突然舒展了：

"你的意思是，内心更真实的你，是……想生孩子的？"

"你怎么这样说！"

"呃，你刚才的样子……散发着一种母性的光辉。"

梦许又把脸埋到手掌里：

"好吧，我的确在考虑这个问题。"

片刻，她抬起脸，样子精神了很多：

"可这难道不是受了来访者的影响或暗示吗？那位不愿生小孩的杜鹃女士，上周说感觉不对劲，不生孩子，仿佛生命停在了原地，不能再往前——说得好像真的一样。你之前不是说过吗？如果咨询师认真共情，很容易'传染'上来访者的症状，而这也是咨询工作的一部分。我现在是不是被传染上了一种叫作'生殖癌'的什么鬼东西？"

长臂猿眨了眨眼：

"咨询师当然很容易沾染来访者的症状。但有时，当来访者突破自己的防御，抵达更真实的自我时，也可能带动咨询师自己的防御瓦解，这也是咨询师会在自己的工作中得到治愈的原理之一。"

梦许不说话。长臂猿看着她面前那只空了的玻璃杯，突然很想起身给她倒杯果汁：如果我有孩子，一定会每天追着让他多吃水果吧！——发现自己有这样的想法，他偷偷一笑，打破沉默：

"你想象过吗？如果有一个孩子，你的生活会变成什么样？"

梦许听见，板着脸起身道：

"今天就到这里吧。"

长臂猿送她出门，看她沿着山路大步走远，那姿态仿佛要去找谁寻仇。他摇了摇头，自言自语道：

"也许这就是孩子青春期时父母的感受吧。"

第
三
周

18 杜鹃女士

和杜鹃女士约定的时间过了五分钟，门铃还没响。梦许有些焦躁，长臂猿那句话犹如一只恶心的肉虫子，在她脑海里不慌不忙爬过，让她直起鸡皮疙瘩：

"如果有一个孩子，你的生活会变成什么样？"

得了！梦许在心里回击他，仿佛要把那只肉虫子摘出去：有什么不可想象的呢？这会儿我已经有五个孩子了，一个比一个难缠！如果我的工作就是养育他们，下班后不能让我歇歇吗？厨师回家都是不做饭的。

她想到此刻该来的那个孩子，想到她跳上沙发，神经质地这里踩踩那里抓抓，挠得自己心烦意乱。

想象中的杜鹃女士坐定后开口道：

"关于上次谈到的，我有个问题，直说可以吗？"

"请说。"梦许本能地答道。

所有这些看似是"我可以说吗？"的征询，其实都不是征询。因为咨询师永远不可能说"你别说"。"征询"只是预告：准备好，我要挑战你了。

"您的来访者们，最后都会死掉啊。他们中的很多，也许既不会生小孩，也不会去做心理咨询师，这样您传递给他们的某种精神性的东西，并不会传递下去啊。"

"啊，是的。"梦许慌乱中带点自我吹嘘的口吻道，"不过这对我而言并不是问题，我们人类有句古话说'天地者，万物之逆旅；光阴者，百代之过客'。如果我不能在这世上留下什么，如果我这一生只是像个游客一样来兜了一圈——那也只能接受了。"

"哦——"想象中的杜鹃女士若有所思点了点头，消失不见。其他很多画面陆续强迫性地涌进脑海：

她挺着大肚子上了巴士，车上的人连忙起身给她让座。

她挺着大肚子按响长臂猿的门铃，开门后他第一句话就是："下周你别来了。我去你那儿吧，就当进城散心了。"

阵痛来临，她被推进产房，一个面目模糊的男人抓着她的手："没事，我陪着你呢，会顺利生下来的。"

她大难不死，强打精神睁开眼睛，看了看护士抱过来的一个五官模糊的小肉团。

她穿着睡衣，抱着那个小肉团焦急地上下颠动。一只张得圆圆的大嘴，占据了小肉团的半个脸庞，里面持续传来让人头痛欲裂的号哭。

工作时间，她请了保姆在楼上看孩子。

河马小姐听到婴儿的哭声，说："真羡慕您。恐怕没有谁会愿意和我这么胖的姑娘生孩子吧？"

蛤蟆先生听到婴儿的哭声，说："一定是个很可爱的小朋友吧，您不会看到他的脸就忍不住叹气。"

熊猫先生听到婴儿的哭声，说："啊，小王，你有孩子了。小宝贝，欢迎来到这个世界！熊猫爷爷代表动物园所有被剥夺自由的动物欢迎你，欢迎你周末来看我们！"

神秘少年听到婴儿的哭声，说："哟，当妈了？终于实现了阶级跃升！恭喜！不过这样我和你还有什么可说的呢？"

当然还有杜鹃女士，她也许会说——她会说什么呢？梦许突然注意到约定时间已经过了九分钟。她拉回思绪，决定无论如何，等杜鹃女士一会儿进来时，一定要对她说：

"不好意思，你能不能不要用脚挠我的沙发布？那样会影响它的使用寿命。"

门铃响了。

今天的杜鹃女士不像之前那样整洁体面，身上的羽毛这里那里岔起来，有的地方沾了枯叶和蛛网，上沙发时失败了两次，第三次后退几步，使劲儿扑腾翅膀才上去。梦许疑惑犹豫的当口，她已像往常一样，在沙发布上来来回回一阵踩完，坐了下来。

"抱歉，王老师，今天来晚了，有点狼狈。"

"发生什么事了吗？"

"我……说出来您别笑话，我在试着，筑一个鸟巢。"

"哦——"

"没有哪只鸟愿意教我们杜鹃筑巢，我只好偷偷观察别的鸟，自己摸索。起先学的是蜂鸟，到处收集干草和其他鸟掉落的羽毛，想编一个像他们那样精致柔软的巢。做到一半，才发现这样的巢根本承受不住我的重量。又去偷看其他体形和我类似的鸟，才发现我这么大的鸟需要先用树枝搭好架子。又去研究树枝的搭法。折腾半天，才发现选址也很重要，不是所有的地方都适合搭树枝。刚才看到一个不错的选址，用树枝左试右试，就忘了时间。抱歉。"

梦许想起刚入行那几年，自己也常常思考应该怎样布置一间咨询室。她也曾不知就里，参观了同行的咨询室后有样学样，把几张最重要的证书装在玻璃镜框里，挂在自己身后的白墙上，仿佛一旦来访者心中出现疑问："跟你聊天到底为什么要付钱？"这些证书就是无声而不容置疑的回答，至少能让他们不把这个问题当面提出来。

后来，在以为咨询师是某种专科医生的阶段，她也曾把自己的座位安置在一排直达天花板的书架前，上面塞满古今中外诸多"大师"的"全集"，仿佛要靠他们在身后加持，她才能挺直腰板对来访者说：你这个问题是这样、那样的。

再后来，她也学过一些更为江湖气的身心灵工作者，撤掉所有证书和书架，只摆一些绿植，挂一两幅字画，加个小鱼缸，点上香薰。她想象来访者一进来就会感到舒适放松，直到一次扭了腰，去了朋友介绍的一家中医按摩馆，才赫然发现对方的空间布置也是这种风格。

如今这个"巢"算是比较满意的，此刻安坐其中的杜鹃女士歪着头，用嘴理了理脖子上的羽毛。

"没关系。不过你是怎么想到要学筑巢的呢？"

"刚开始，我只是想改变一下生活状态，找点事情做，也许能发展成一种爱好或事业。既然不打算过同类那样的生活，就得找点事把时间打发掉。相比你们人类，我们鸟类可以选择的事情不多。筑巢也许是件有意思的事，一只杜鹃如果成了筑巢专家，想必会引起大家的注意。也许我还能把自己的心路历程写成一本书，让更多动物读到，包括我的同类们。"

"这个想法听起来真不错。"

"是啊，听起来。我想，如果能做到，应该就能获得那种延续感了，搞不好比别的鸟类还多一些。"

梦许情不自禁拼命点头。

"可是，在学习筑巢的过程中，我好像有了些不一样的感觉。我只是在练习，并没有一定要筑成什么样，脑子里会天马行空想象各种鸟巢的画面。然后我就意识到一件事。"

"什么？"

"王老师，您能不能想象一个鸟巢，在它的整个生命周期里——不论它能用几个月还是几年——这期间里面从来没出现过一枚鸟蛋或一只雏鸟？您能想象吗？"

"啊？"是啊，每一间咨询室都要有来访者，否则毫无意义。同时，成千上万新手咨询师困惑于怎样布置一间咨询室，却不会有人专门从事这个工作。"心理咨询空间设计师"？——她从未听说过。

"您不能吧？我也不能。我突然发现，鸟巢存在的意义就是养育下一代。鸟巢这种东西，就是一个用来下蛋、孵蛋、喂养雏鸟的器具。"

"哦。"

"意识到这一点，我就忍不住去想鸟蛋和雏鸟。我开始考虑什么样的巢才能确保它们安全，既不会被大风刮掉，也不会被蛇袭击。还要考虑舒适、保暖，不会刺伤雏鸟脆弱的皮肤或让它们着凉。"

"嗯。"梦许感到心中有种柔软的东西缓缓流动起来。她想起那只灰色的门铃、名片盒做的小纸巾盒、刻意摆放的梯形花架，想起蛤蟆先生从未注意到她的好意。

"还有选址，鸟巢应该建在丰饶的树林里，这样鸟妈妈能很方便地找到食物，来回也不用跑很远。"

"是啊。"梦许脱口而出。她想起长臂猿说的"母性的光辉"。

"如果鸟妈妈在巢附近就能找到充足的食物，自然就不会给我们杜鹃可乘之机了。"

梦许深吸了一口气，仿佛这一刻的空气变得特别清澈、宝贵。

"然后，我渐渐有了一种奇怪的感觉。"

"什么感觉？"

"如果我已经在像一位母亲一样思考问题，是不是意味着，应该认真考虑一下这种可能性呢？"

"什么可能性？"

"成为一位母亲。"

最后这段对话久久停留在梦许心中。杜鹃女士接下来说的话，像是被关小了音量，渐渐成为背景音：

"我仍然对男欢女爱没什么想法。不过现如今，要做母亲不一定需要恋爱、婚姻，甚至不需要性。养育应该是件很辛苦的事，但我心里好像有个地方蠢蠢欲动，想亲自去尝试一下到底有多辛苦……"

　　成为一位母亲——梦许开始怀疑，自己是不是也一早就怀着做母亲的思维方式或情感来做咨询师的？如果是这样，她是不是也应该去考虑真正成为一位母亲的可能性呢？

　　杜鹃女士的背景音不知什么时候结束了。她礼貌地道谢，跳下沙发，梦许礼貌地送她出门——这在梦许，也可以是一套不用经过思考的自动化流程。真实的她缩在心中的某个角落，盯着眼前萌发出来的小东西。那是个神奇的生物，有时破土而出，有时又消失不见，不经意间突然枝繁叶茂，叶片在月光下的微风中闪闪发光，可用手一摸又发现只是幻影，直到几个月、几年后，又破土而出。

神秘少年 19

吃完晚饭，梦许走进河湾公园对面的商业街闲逛，发现这个世界原来有她之前从未留意过的一面：婴儿用品店、童装店、玩具店、儿童游乐场、早教机构、培训班、幼儿园、小学校、商场里的哺乳室、厕所里的尿布台……从前，这些东西的轮廓仿佛刚落到视网膜上就被判定为无用，连颜色都没给上。现在不仅有了颜色，还增大了饱和度，鲜亮夺目。粉蓝色、粉红色、小老虎、小青蛙、圆圆的鞋子、小得不可思议的手套、胖胖的小蜜蜂、微笑的太阳公公……这些形象闯进她脑海里住了下来，又在当晚的睡梦中纷纷扰扰，直到第二天和神秘少年约定的时间迫近，才渐渐消失。仿佛那少年自带一种气场，让这些温暖可爱的小东西自动退散回避。

时针接近十一点时，她感觉身上的肌肉逐一苏醒过来，变得警觉，甚至忍不住想："我学了那么多心理学，应该不会养出这样的小孩吧？"

神秘少年落座后，又是一言不发。想到上次的教训，梦许很快打破沉默：

"今天想从哪里说起呢？"

"你知道农历三月初三是什么日子吗？"

"不知道。"

"很好。"

这又是哪一出？梦许感到尴尬紧张，一面观察他的表情，一面连说了三句话：

"好像快到了？"

"就是今天？"

"对你而言是个特别的日子吧？"

——又破了周老师的训诫："咨询师每次发言，记得只说一个意思，不要多。"

"很特别。"——对方只回答了这三个字，又沉默了。

"能说说这个日子为什么特别吗？"

"不能。"

"嗯。那今天有什么想聊的吗？"

"暂时没有。"

又来了，梦许心中忍不住翻了个白眼：

"呃，那我们就还是……静静坐会儿？"

"对，你想到什么可以说出来，我想到什么也会告诉你。"

梦许突然想立刻飞到长臂猿的小木屋，一口气干完一杯果汁，对长臂猿摊手道："你看，这样的来访者，把我的台词都抢了！"

"好的。"她正了正坐姿，决定今天一定要坐稳了。

风声、树叶声、鸟叫声，偶有远处轮胎摩擦地面的声音，还听到了自己的呼吸声、心跳声、血液流动的汩汩声。她听了许久，感到乏了，那些线条圆润、颜色鲜亮的卡通图案就又不知道从哪儿钻了出来，伴着小孩子咯咯的笑声。

眼前出现一位父亲，开心地把孩子架上脖子，驮着他去看庙会。画面被喧天的锣鼓声撕碎，下一幅是孩子的视角，他坐在父亲脖子上，紧张得浑身僵硬，死死抱住父亲的额头不肯松手。周围是他从未见过的大人，从未听过的喧闹。他在距离地面那么高的地方颠簸前行，仿佛随时会摔下去，被周围的人群和骡马踩过去。他怕极了，开口求救，声音却淹没在嘈杂中。心脏怦怦跳，浑身颤抖，他觉得自己快死了，弓着身子把脸埋在父亲头发里，只盼这一刻早点过去。

画面又被撕开，一位母亲在厨房里严厉训斥女儿："跟你说过这个点儿不可以吃糖，牙齿会坏掉，你为什么偷拿呢？为什么不听妈妈的话呢？妈妈这样也是为你好啊。"画面又被撕开，是女儿的视角，眼前站着一个穿围裙的巨人，打雷一样对着自己咆哮，却听不懂在说什么，四周无处可逃，整个人都吓呆了。

画面再度撕开，年轻美丽的妈妈，一手抱着婴儿，一手举着奶瓶喂他，嘴里吟唱着自己编的歌曲："小宝贝呀快喝奶奶，喝完睡觉觉呀，快快长大吧……"画面被撕开，变成婴儿的视角：他被一条巨大的手臂粗暴地夹住身体，又被一块橡胶塞进嘴里让脑袋不得动弹。抱他的巨人剧烈晃动着，嘴里发出骇人的怪响，延绵不绝。

画面被撕开，一位暴怒的父亲用皮带抽得男孩浑身道道血痕，一面喝道："谁家不打孩子！小时候你爷爷打我比这狠多了，不然我哪有今天！"

画面被撕开，一位母亲用缝衣针扎自己的女儿："叫你不听话，叫你乱跑。"旁边外婆看见，过来一把夺过缝衣针："你怎么那么不懂事！"随即把针伸到烛火上翻烤："要先消毒的。"

画面被撕开，刚才被打的男孩面无表情用火柴点着了床单。画面被撕开，刚才被扎的女孩用同一根缝衣针扎襁褓里的妹妹："叫你不听话，叫你乱动。"

画面被撕开，热闹的婚礼现场，花车姗姗来迟，新郎扶新娘下车，两人手拉手款款走来，这才看清，面目仍是两个孩子的脸——刚才被打的男孩和被扎的女孩，笑得像玩家家酒一样开心。女孩用手摸着隆起的腹部，和男孩一起接受宾客的祝福："早生贵子！""儿孙满堂！"

那女孩的腹部越来越高、越来越大，最后炸裂开来，飞出无数梦许在医学院地下室盛满福尔马林的大玻璃瓶里看到过的种种怪胎……她感到前所未有的恐惧，忍不住哆嗦了一下，回过神来，意识到眼前仍是那位神秘少年，而此刻是自己和他的咨询时间。

她下意识撤回目光，开始有点怀疑自己是不是应该给对方付钱了。说来是他找的她，可她总是在咨询中感受到自己，感受到自己的自大、慌乱、偏见，以及今天这样带有强烈情感的自由联想——都是他给她的。她呢？愈发不知道自己为他做了什么，还能做什么。

那少年突然开口道：

"所有的魔都是心魔。"

梦许倒抽一口冷气。

"我师父经常这样说，但我不喜欢他这一套。"

沉默。

"三月初三，本该是我的忌日。不过天不绝我，所以现在我还能坐在这里。三月初三也是个好日子。现在的人喜欢刷信用卡，提前消费，体会不到'无债一身轻'，尤其当债权人是父母的时候。"

"做父母的是债权人？"

"他们以为自己是，但其实他们也是债务人。父债子还，他们一辈子积攒的重重罪孽，如果还不完，就落到孩子身上，这是因果报应的一部分。"

"听起来对孩子不太公平。"

"那倒没有。你听说过'人身难得'吗？血肉之躯是最宝贵的，科技再发达，也无法凭空造出一个生命。另一句话你应该听过：'命运赠送的一切礼物，早已在暗中标好了价格。'血肉之躯的价格，就是要替父母偿还孽债。用你们心理学的话来说，这笔孽债包括了所有父母因为自身心理问题带给孩子的创伤。你们所说的创伤的代际遗传，就是这笔债，还不完子子孙孙继续还。"

"这么说来欠债比较多的人还是不生小孩比较好？"

少年大笑起来，把梦许吓一跳。"王梦许，我知道你在犹豫什么。"

"你知道？"

"你看到的我也能看到。当然不是我想让你看的，虽然我可以。我和你无冤无仇非亲非故，既不想害你也不想帮你。你看到的只是你内心想让你看到的。不过你的内心并没有做什么决定，它只是想提醒你你忽略的那部分事实。"

梦许心里怨道：也许是该我付他钱了，可这难道不算强买强卖吗？职业伦理卫道士们总在强调，咨询之外绝不可以野蛮分析，咨询之内的分析也要节制温和，不能把分析当作攻击对方的工具。她是一直严格遵守的，可来访者呢？他们并不受这个伦理约束，理论上讲，他们可以随时、随地、随意地野蛮分析咨询师，甚至以此来攻击咨询师。这样的来访者不多见，因为来访者即便学过一些心理学，也没有咨询师那么有经验，他们发起的野蛮分析不过是些花拳绣腿，很少打在点上。可眼前这位怎么算？他几乎招招命中梦许的要害——没有伦理可以约束他一下吗？

她感到前所未有的孤军奋战的困顿，尤其听到他又叫了她的全名：

"王梦许。"

他的语调却渐渐轻松：

"就这点而言我觉得你挺有趣的，尤其和其他普通人相比。他们看上去什么都有：婚姻、家庭、孩子、面子、钱，和他们称之为'事业'的辛苦劳作。你呢，几乎什么都没有，只有这么个让人疑心是江湖骗子的职业身份。为什么会这样呢？你有没有想过？"

"没有。"

"你有。暗暗地，连你自己都没发现，只要我稍加点拨，你就明白了。你在这世上唯一引以为傲的，就是这份职业给你带来的清醒。这清醒很不错，已经超越大部分普通人了。可就是因为这种清醒，你什么也没有。普通人有那么多，正是因为他们盲目、不自知、随大流，别人怎样他们就也想怎样。这种状态自有它的危险，有时一不小心就会被碾成齑粉。但如果他们幸存下来，就会慢慢拥有很多东西。用你们心理学的话说，人是靠欲望推动的。而你们咨询师，偏要把人的欲望层层剥开，像洋葱一样剥干净了，最后什么也不想要。这样你们的人生也无法展开，变得和我一样，看似比同龄人成熟很多，却又觉得自己的人生停滞了。"

梦许若有所思。少年又道：

"听说心理咨询是不给建议的，但我想这个禁忌只针对咨询师。我是来访者，应该不受此限制。今天结束前，我想给你一个建议，希望你认真对待。"

"什么建议？"

"没必要纠结做不做母亲，你真正的问题不在这里。我建议你不要过度沉迷于这份工作，去找点别的事情，去真正展开你的人生。毕竟你只是个普通人，不是神仙。"

梦许突然有种被冒犯的感觉。少年又瞄了一眼写字桌最下面的位置，补充道：

"你在这份工作中体验到的快乐和痛苦，全是二手的。但没有一个抽烟的人，会满足于抽别人的二手烟。"

20 河马小姐

离河马小姐预约的时间还有四分钟。梦许正闭目养神，突然想起什么，跳起来打开抽屉，拿出专为河马小姐准备的坐垫和靠垫，草草布置停当，门铃就响了。梦许瞟了一眼座钟：提前了两分钟。

河马小姐表情沮丧，挤进两道门比第一次来时还费力。梦许有些疑惑：是因为心情不好，还是真的又胖了一圈？

落座后，她一言不发，嘴像是生气地嘟了起来。可河马的嘴本来就有点嘟，梦许忍不住盯着她左看右看，试图分辨清楚。河马小姐突然开腔，把她吓了一跳：

"王大夫！你一直在等着看我笑话对不对？"

"嗯？"

"你上次已经看出来我会变成现在这个样子，却故意不告诉我，等着让我自己撞南墙对不对？"

"先等等，你说'现在这个样子'，是这两周发生了什么吗？"

河马小姐鼻孔里出了一股粗气，道：

"你早就料到会发生什么的吧？上次咨询你欲言又止的样子。"

"那到底发生了什么呢？"

"你不知道发生什么吗？我上周没来不是发邮件和你说了吗？我得了胃病，得在家休息！"

"哦，是因为节食吗？"

"你看，你知道会发生什么，就是不肯及时告诉我，让我悬崖勒马。"

梦许在心里翻了个白眼，说：

"上次咨询，我的确对你的节食方式和自律观点有些担忧，我记得也表达了这种担忧，可你那时好像并不在一个能理解这些话的状态。"她突然感觉长臂猿攀在她沙发背后，吃笑道："咨询师能把'可你当时就是听不进'这句话说得像你这样文绉绉，也是种本事！"

"你说了吗？"河马小姐更生气了，"你那最多叫暗示吧？看见自己的病人要做注定失败且对身体健康有害的尝试，你作为医生就轻描淡写地暗示一下'这样做会不会有一些风险呢'？然后等着病人自己栽跟头回来求你，不是很过分吗？"

梦许深吸一口气，压制住内心的不悦，说：

"你挺生我的气。"

"当然。"

"你怪我没有及时拦住你。"

"当然。"

"这两周你好像经历了很多挫败。"

"你看，你不是什么都知道吗？"

梦许叹了口气：

"我当然不是什么都知道。我只是看你很沮丧，状态不好，推断你可能经历了一些挫败。具体经历了什么我也不十分清楚。你能和我说一说吗？"

河马小姐终于没那么气鼓鼓了：

"哎，还能有什么？节食，按照上次我和你说的计划，没两天就开始胃疼，当时觉得忍一忍就过去了，没想到后来居然晕倒，被父母送去医院。医生说是饿的，要在家休养，慢慢恢复食量。可一恢复，我的减肥计划不就泡汤了？刚建立起的自律信心也没有了。吃也不是，不吃也不是，这样来回纠结，内心更难受，难受的时候更忍不住要吃。等到医生说我已经没事的那天，一称体重，居然比第一次来找你时还重了十斤。"

"好像前功尽弃了。"

"那可不是。后来回想我们上次的对话，我觉得你好像当时就意识到了什么。"

梦许出了口粗气：真是个聪明的姑娘！你还记得上次的对话，那怎么就把自己那种油盐不进的状态忘得一干二净呢？她只得耸耸肩道：

"我并没有预判会发生什么，只是有点担心。没想到我担心的事这么快就发生了。"

河马小姐长叹一口气，沉默了一会儿，看着梦许，水灵灵的大眼睛里仿佛又有了希望：

"那么王大夫，'自律'到底是种天赋还是种能力呢？"

"你是怎么想到这个问题的呢？"

"如果它是种能力，就应该有提高的方法，这样我还有救。如果它是种天赋，那么事实足以证明，我是没有这样的天赋的。减肥不可能，变美不可能，我也无法改变自己的生活了。"

"这样说来，你好像认为自律是一种优秀的品质，而且是唯一能改变自己的方式？"

"那不然呢？"

梦许仔细斟酌措辞。这种时候，她常常觉得自己是站在来访者意识的角斗场上，和人们一致默认的某些"做人的道理"较量。这些"道理"就像病菌，附着在一切形态的符号产品上，借机感染任何接触这些符号的人，带来各种症状。它们主要感染神经系统，尤其是大脑。感染的人还会通过符号互动把它们传染给周围的人。当一个生命完全被"做人的道理"侵蚀，就会表现出类似僵尸的行为方式。这种病菌同时绑架了大脑里的神经元细胞，让它们相信自己是好的，任何想要从主体内部剥离这些"道理"的尝试，一不小心就会引起主体的抗拒。

"从内心来看，自律就是能自己管住自己，无法自律则是管不住自己。一点也管不住自己可能会带来很多麻烦，但如果太管得住自己，就像做父母的把孩子管得太严，一切看上去似乎都很好，但孩子可能并不幸福，父母也可能非常辛苦。"

"您是说，自律并不是一种值得追求的东西？"

"至少不是一种有必要强求的东西。"

"哎……不过您这样说多少让我感觉轻松一些，如果它不是什么好东西，那我的失败看起来也没那么失败了。"河马小姐沉默片刻，又恢复了之前温柔的声音：

"王大夫，对不起，我刚才好像冲您发火了。"

梦许松了口气："不要紧，我能理解你当时的心情。"

"您虽然这样说，可我还是想问，您刚才有没有讨厌我呢？有没有觉得我无理取闹？"

"没有。我想你发那么大火，肯定是有原因的。"嘿，你撒谎了！——想象中身后的长臂猿会戳穿她。她立刻回击：还能怎么说？难道说实话，"是啊，我心里已经对你翻过不知多少次白眼了"？

"那您会记恨我吗？我们以后还能继续咨询吗？"河马小姐扑闪着大眼睛，显得有些可怜。

"不会啊，我们当然可以继续咨询。"梦许自我安慰道：至少这句是实话，这就够了。关系亲近起来的常态就是相爱相杀，咨询师和来访者也不例外。

"那就好。"河马小姐眯起眼睛，侧着脑袋点了一下，有些不好意思，"其实我犹豫了很久今天要不要来。这几天我气极了，心想再也不要见到您，再也不要费这么大劲跑来和您说话，还付钱给您。但是怨您的话憋在心里又很难受，我可不愿一直憋下去。我决定，最后再来见您一次，把我的怒气发泄完，然后就和您一拍两散。反正以后再也不会见到您了，不用担心会不好意思。"

梦许笑了："这个决定真好。幸好你来了，不然我也没有机会知道到底发生了什么。"

河马小姐也笑了："是啊，那么讨厌一个人，她居然还不知道，那会是一件多么让人丧气的事。"

双方相视而笑，梦许觉得也许是个机会，说："你有没有发现，经过这次愤怒的表达和讨论，我们之间的关系比以前更近了？"

河马小姐想了想，点点头。

"让我们回到一开始，你来做心理咨询，是希望自己能交到朋友，能和其他动物建立亲近的关系，对吗？"

"嗯。"

"那如果回顾一下我们之间的关系，你觉得我们现在能变得更亲近，靠的是什么呢？"

"是什么？"

"是你选择了来表达你的真实感受，然后我们进行了坦诚的讨论，澄清了误会，对吧？"

河马小姐似懂非懂地点点头。

梦许觉得形势大好，继续高歌猛进：

"我们的关系经受了负面情绪和误会的考验，成功幸存下来，就变得更亲近了。这和你长得漂不漂亮、胖不胖，其实没有一点相干，对吧？"

河马小姐想了想道：

"您是说，也许我最初的想法就跑偏了？有没有朋友和胖不胖没有关系？"

"你觉得呢？"

"谢谢您这样说。"河马小姐的眼睛湿润了，连忙抽出两张纸巾盖在鼻孔上。"我明白了，原来我根本没必要纠结胖不胖的问题，外貌并不是建立良好关系的必要条件，关系里还有更重要的东西。"

梦许默默听着，长呼一口气，眉头舒展：终于做了一节教科书式咨询。

结束的时间快到了。河马小姐若有所思，仿佛还沉浸在领悟中。梦许决定打断她：

"我们今天的时间差不多了，就到这里好吗？"她甚至有些飘飘然：如果每节咨询都是这样结束，心理咨询会是一份多么令人愉悦的工作！

"等一等，王大夫。"河马小姐的语气突然严肃起来，"您刚才说的好像不对。"

"嗯？哪里不对？"

"我们的关系能走到刚才那一步，不是因为我付了您钱吗？您难道不是看在钱的分上，才那么包容我的无理取闹、情绪发泄吗？不正因为您是专业人士，才能心平气和地和我讨论这些情绪，而不是讨厌我、指责我、不理我吗？"

梦许蒙了。

"要不是做心理咨询，谁会愿意和我这样一个又肥又丑的姑娘相处，还忍受我的坏脾气呢？普罗大众，所有没学过心理学的，不都还是以貌取人吗？！"

"很抱歉，这个话题很重要，但今天时间已经到了，我们下次再接着讨论，好吗？"梦许知道这个教科书式的回应大概不会让对方满意——这种回应只能让初学咨询的学生感到满意。啊，教科书！她真想回到周老师的课堂上站起来问他："您难道不觉得，所有心理咨询教科书加起来，也不过是一本《幸存者偏差大集锦》吗？"

周老师也许会微笑着点头。可每当遇到难题时，除了教科书，还有什么是咨询师可以依托的呢？

河马小姐难过得像要哭出来："看来您果然是一分钟也不愿意多和我相处的……"

怎样才能让她相信自己并不只是为了钱才和她相处呢？再多话术也乏力，唯有和她多待几分钟。可那样会吊高对方的胃口：之后的咨询是否每一次都为她延长时间呢？如果哪一次不延长，她必定嗔怪："你今天怎么了，对我没有平时好？"而如果每一次都稳定延长，那就不是对对方的好，只是自己变得廉价了——怎样都是深渊，所以周老师会警告：咨询边界的破坏会有滑坡效应，一旦破坏，事情总是越来越麻烦，所以一开始就尽量不要破坏。

河马小姐偷偷瞟着她。梦许决定一言不发，河马小姐似乎懂了，起身往外走，气鼓鼓、艰涩地挤过两道门，在梦许和她道别时，报以冷漠的一言不发，加快脚步走掉，仿佛离开一所肮脏的公厕。

梦许走回房间，颓丧地跌进沙发里。一声木头断裂的巨响，她的屁股陷了下去。

21

蛤蟆先生

与蛤蟆先生约定的时间过去了两分钟，门外终于响起一声"当——"。

他今天穿一件黑 T 恤，一条褪色的牛仔裤，没戴帽子，头顶上大大小小的疙瘩一览无余。

他跳上沙发，两只带蹼的手浅浅交叉起来放在肚子上，出神地望着窗外：

"王医生，我有点明白了，我和天鹅姑娘……"他突然抽泣起来，手放在嘴上，似乎想压住声音，无奈他的嘴太大，哭泣声混杂着说话声，像池塘里浮起一串沼气泡泡，梦许仔细分辨才听清楚：

"是不可能的。"

梦许心中一块石头落地了，又感受到一种仿佛伤口暴露在大风中的痛。

她看了一眼扶手上的迷你纸巾盒，有些犹豫。自己的一番好意终于有机会派上用场了，可他如此敏感自卑，也许会把递纸巾误解为：快收拾收拾吧，哭得真不像样。

她决定先坐着不动。蛤蟆先生哭了一会儿，停下来搓了搓脸：

"不好意思。我刚才太难过了。"

"没关系。"

梦许起身把纸巾盒递给他。他抽出纸巾，擦干净手上的眼泪鼻涕。怕他留意到这个细节，又或是想结束这个细节带给自己的不安，梦许问：

"不过，是什么让你这样想呢？"

蛤蟆先生叹了口气：

"说起来有点不好意思。上次您不是让我去想象一下我希望发生什么嘛。我想啊想，想到一个点，就想不下去了。"

"哪个点？"

蛤蟆先生犹豫了一会儿，最终还是像那些患了隐疾的人来到医生面前那样，鼓起勇气说了出来：

"我和天鹅姑娘……怎么……那个，您知道的。"

梦许使劲儿搜索一个既清晰直接又不会让对方感到冒犯的词。

"亲热？"

"对。"

果然，蛤蟆先生也无法想象。梦许一时不知该说什么。

蛤蟆先生打破了尴尬的沉默："我希望您说点什么。"

梦许感到为难："你有什么具体的期待或想象吗？"

蛤蟆先生想了想说：

"也许我希望您说：不要泄气啊，这就是那些最先跨越民族、肤色、文化、阶层或宗教信仰恋爱结婚的人类曾经遇到的问题。起初，一个白人一定也无法想象怎样和一个黑人亲热；一个基督徒也无法想象怎样和一个佛教徒结合，佛教徒也许根本不亲热；男尊女卑文化中的男性恐怕也不知道怎么和女尊男卑文化中的女性亲热。我希望您告诉我：这些困难最终都被克服了，他们后来相亲相爱，生活得很好，这世上有了父亲是黑人母亲是白人的小孩，父亲是基督徒母亲是佛教徒的小孩，大家快乐地生活在一起。所以，当然也会有父亲是癞蛤蟆母亲是天鹅的小动物，我们的世界会变得越来越丰富，而这最终要归功于伟大的爱情！"

梦许努力想象一只父亲是癞蛤蟆母亲是天鹅的小动物长什么样，想得脑细胞都打结了，只好故作镇定总结道：

"你希望我告诉你这个困难也是可以克服的？"

"对。"

"好，那就先假设它是可以克服的，后面还有什么吗？就像上一次，你还没想好怎样向天鹅姑娘求婚，但你可以假设求婚成功了，然后继续往下想。"

"嗯……好吧。那接下来该想些什么呢？我没结过婚，没有经验。"

"我不知道你们两栖动物是怎样的。从人类的视角出发，我会好奇接下来你们是怎样生活的：你们住哪儿？你们的家——或者巢穴是什么样的？每顿饭吃什么？谁做饭谁洗碗？别的家务怎么安排？如果你们有了孩子，不论几个，谁来照顾他们？怎么照顾？会送他们去上学吗？还是自己在家教育他们？你们一家人会怎样度过每一天呢？节假日会做什么？不同季节里你们的生活会有什么不一样吗？——任何你想到的都可以。"

蛤蟆先生沉默着，房间里安静得有点诡异。梦许看着他，许久，突然听到一小声"啪"——蛤蟆先生头顶的一个疙瘩爆开了，少量液体流出来，顺着额头流到他眼皮上。他眨了眨眼睛，显得困惑而委屈：

"可是王医生，没有哪个爱情故事讲这些事情的呀。所有的爱情故事都在讲双方怎样相识、相知、相爱，解开重重误会、排除万难，最终走到一起，结婚、亲热——或者顺序倒过来——然后就结束了，从此就过上幸福生活了。哦，生活，生活当然也有很多难题，可比起在这茫茫世上找到自己的真爱并和她在一起的困难，生活中那些琐碎的困难又算什么呢？"

梦许点点头，觉得有些好笑，又有些感动。迄今为止她所见过对爱情抱有最真诚信念的，竟然是只癞蛤蟆！好多聪明迷人、各种外在条件都不错的男男女女，到她面前抱怨的都是另一堆烦恼：为什么我这么优秀却没有人真心爱我？在感情里主动好累，怎样才能吸引对方来主动呢？如果跟对方在一起会拉低我的生活质量，这段关系的意义何在？

蛤蟆先生继续道：

"天哪，如果天鹅姑娘真的愿意嫁给我，我愿意给她筑一个让她满意的巢穴，她喜欢吃什么我就给她弄什么，所有的碗都我洗，所有的家务都我做，如果她想让孩子们上学，我来接送，如果她不想，我就在家里教他们……比起爱她又不能和她在一起的痛苦，这些辛苦算什么呢！"

梦许长叹一口气：这是真的脑子发热了，难怪头上的疙瘩会爆开。感情不是这样的，一旦得到对方，就会渐渐忘记当初求而不得的痛苦，把朝夕相处视为理所当然，辛苦劳作日积月累，就会感到不公：为什么我要付出那么多？当初那个"无论付出多少我都愿意"的自己，早已尸骨无存。

可是，怎么告诉他呢？

"我有点好奇，你父母的生活是怎样的呢？他们会怎么安排各种家庭事务呢？"

"他们么……我印象中他们经常抱怨。我爸一回到家就躺在沙发上看电视，我妈呢，一边做家务，一边絮絮叨叨，抱怨家务繁重而我爸不愿意帮忙。听多了，我爸就抱怨我妈唠叨，总是不肯放过他。然后我妈可能会说：'你看别家的老公，不仅上得厅堂，也下得厨房。'我爸就会说：'那是因为别家的老婆不仅下得厨房，也上得厅堂啊。'我妈就恼了：'你什么意思？'我爸也不让步，就直说了：'什么意思？如果你像天鹅姑娘那么漂亮，家务我都包了，不用你碰一根指头！'我妈也不示弱，说：'那你倒是随便找个泥水坑照照自己啊，天鹅姑娘能看上你吗！'"

"听到他们这样争吵时，你是什么感受呢？"

蛤蟆先生摊开双手：

"我觉得很受教育，这就是婚姻生活的反面教材。我明白了为什么所有动物找对象都想找更好看的。两只长得丑的动物结合，真是一桩悲剧。如果他们还生下和自己一样丑的小孩，那个孩子也是悲剧。"

"可是……"梦许想了想，决定直言自己的困惑，"如果你父母都很漂亮——不管他们是什么动物，假设他们都很漂亮，可家里的家务还是那么多啊。很多家庭都是这样，父亲下班回来已经很累了，希望能得到休息和滋养，可母亲忙了一天也很累，本指望着对方回来能搭把手，让自己得到休息和滋养。这可以说是大多数普通家庭都会遇到的困扰，和双方的长相没什么关系。"

"是吗？"蛤蟆先生抬起眼皮，有些不屑，"您知道一个心理学实验吗？有个城市的地铁站常年脏乱差，垃圾到处乱扔，墙壁上一层层涂鸦，一直很难治理。后来，地铁站里放起了高雅的古典音乐，就再没有人乱涂乱画乱扔垃圾了。"

"是有这么个实验。"

"您瞧，赏心悦目的事物能提高人的素质和道德水准，让人过上更好的生活，对吧？"

啊，那么在大街小巷到处播放古典乐就不会再有人犯罪了？还记得二战时期在集中营里工作的德国人吗？他们下班回家照样听巴赫。她强按住反驳的念头，打算听听他还会说什么。

"所以我爸妈这么多年吵吵闹闹，或许就是因为他们长得不好看。我爸下班回来，看到家里的丑媳妇，就没什么动力再做家务了。如果他娶的是一只天鹅，回到家看见她那副惹人怜爱的样子，怎么舍得再让她操劳呢？"

可按这个逻辑来说，那只天鹅呢？每天傍晚打开门迎接自己的丈夫，看到的都是一只癞蛤蟆，她会怎么想？这场景越来越接近另一个广为人知的故事了：潘金莲每天傍晚迎接卖完炊饼回家的武大郎时，在想什么呢？这可真是个杀伤力不小的难题。梦许迅速犹豫一下，决定暂时不抛给他：如果他还无法想象自己和天鹅姑娘怎样做爱，当然也想象不到这个难题。

"所以，如果你和天鹅姑娘生活在一起，你会承担所有的家务。"

"对。"

"那她呢？"梦许试探地抛出一条线索。

"她么……应该觉得很幸福吧，有这样疼爱自己的老公。"

梦许下意识抽动嘴角，未经思考就蹦出一句话：

"要是真能这样就好了。"

蛤蟆先生似乎察觉到什么，睁大眼睛看她，胆怯和冒失同时涌出：

"您是说……我是……白日做梦——的意思？"

"没有没有。我是说，要是你能如愿以偿就好了。"

她仿佛看见长臂猿挂在书架上，轻轻摇头，吃吃地笑。

"谢谢您的祝福，王大夫，"蛤蟆先生留意到时间只剩一分钟，主动切断话头，起身跳下沙发，"不过今天时间已经到了，我得回去再想想。"

熊猫先生落座后，低垂眼皮一言不发。见梦许一直没开口，才说：

"这周过得很平静。"

"嗯。"梦许感觉他们之间终于有了某种默契，咨询可以照它该有的样子继续了。

"我脑子里没有那么多气急败坏的声音了——也许真的老了吧。"

说着，他把手掌放在沙发扶手上，轻轻摩挲布面的纹理，仿佛头一次注意到它。

"我越来越懒了，除了吃喝拉撒就躺在地上一动不动。闭上眼睛，仿佛来到另一个世界。很多意象在脑海里漂浮，说不清是回忆还是幻想。也许老年痴呆终于找上我了。"

"什么样的意象？"

"可能是童年吧。我不大记得我的童年，太遥远了，如果刻意去回想，就像钻进一片黑暗的迷雾。不过我一直知道，我不是出生在动物园里的。最近出现的意象，也不是我能在动物园里看到的。"

"具体是什么呢？"

"很安静。风吹过树叶有沙沙声，能听到小鸟唱歌，小鹿鸣叫，有时还有流水声。不像现在，哈哈，成天被你们人类幼崽的叽叽喳喳声包围。"

梦许也笑了一下。

"啊，还有妈妈的体温，她肚子上皮肤的质感。在我看到这个世界之前，就感觉到了这些。生命的第一份工作是闭着眼睛寻找妈妈的奶头。找不到，很着急，胡乱扭动身体，沿着妈妈的肚皮四处摸索。找到了，太好了，含在嘴里。不一定要吃，并不总是饥肠辘辘，但含在嘴里就觉得有了着落，什么也不用担心，一切都会好起来。放松、温暖、舒服，迷迷糊糊就要睡着了。然后妈妈翻个身，奶头从嘴里滑脱，突然惊醒，不安极了，好像世界末日马上要来。挣扎翻滚，沿着肚皮继续寻找。找到了，这次咬紧些，可不能再失去它。妈妈发出低沉的呜呜声，也许是我把她咬疼了，也许是她想安慰我，让不用担心找不到她。"

熊猫先生的黑眼圈里渗出一些液体，他伸手抹了抹鼻子：

"我不想责怪你们人类，也不想变成一个愤世嫉俗、惹人讨厌的老头子。人类并不都是一肚子坏水，人类的幼崽非常单纯可爱。我也知道如果别的动物成为地球的统治者，不见得会做得更好。如果我们熊猫是最强大的，也许会杀光其他所有哺乳动物，在这颗星球上种满竹子。但是……"

梦许的心悬了起来，空气中似乎渐渐灌满浓稠的水泥，俩人要被浇筑在这里，像一场巨大阴谋的目击者。

"我的记忆中还有枪声。"

梦许的心紧了一下。

"我应该还有别的兄弟姐妹,有时快要含到奶头,会突然被什么东西挤走,和母亲一样有温度,但更柔软,也和我一样不安。"

"枪声之后,这一切都没有了。我还模糊记得母亲最后的嘶喊。我跌跌撞撞滚到地上,肚子硌到一块石头。第一次听到皮靴的脚步声,第一次听到人类的说话声。当时一切陌生的声音都让我感到恐惧,我只想找回母亲的奶头,只要把它含在嘴里,一切都会好的。"

熊猫先生神经质地笑了下:"当然啦,人类世界的规则是很复杂的,我听到的可能只是麻醉枪,或许可能是竹子成片开了花,护林员得把我们带走,否则我们就都得饿死。可这些不同的可能性,对我来说又有什么区别呢?"

梦许深深吸了一口气。

"各种各样全新的触感,坚硬、冰凉,我要用后来的生命经验对应回去,才能告诉你那就是铁笼、破布、毛巾、奶瓶、体重秤、温度计……你们人类发明了这么多毫无温度的东西。还有新的味觉:鲜美的牛奶。相当鲜美,但我只想要妈妈的乳头。为什么那么鲜美呢?我要到很后来才知道,那是因为你们不断地让牛怀孕,又夺走他们的孩子。"

梦许觉得快要无法呼吸了。她已经喝过了多少牛奶,也去过动物园、看过动物表演……每次听到别人把这些问题提出来,她总觉得身体里有种脏脏的东西——"人类的原罪"——如果非要给这东西取个名字。可为什么非得由她来感受呢？熊猫先生、长臂猿、神秘少年……他们的大道理为什么只说给她听呢？为什么不搬一只木箱子到河湾公园去当众演讲呢？

熊猫先生仿佛猜到了她的心思：

"小王，我知道你不喜欢听这些，甚至不想听。但是好好听一听吧，这是你的工作，你是为此收钱的。"

长臂猿也会这么说："我们之所以收那么多钱，主要不是因为我们能说出什么高深的见解、精辟的论断，而是因为我们在感受，我们在从来访者身上感受那些普通人根本不愿去想的痛苦。"

不等她回应，熊猫先生苦笑道：

"也是有趣，人类居然要得到一些好处，才愿意睁开眼睛看看他们身边发生的事。"

梦许深吸一口气。

"来逛动物园的人类幼崽经常隔着栅栏冲我喊：'熊猫爷爷，我能和你成为朋友吗？我会经常来看你的，给你带最新鲜的竹叶！'那是他们五岁的时候，已经喝过很多牛奶，吃过很多动物肉了。到了十岁，也许就会趁管理员不注意朝我扔小石子，看我躲避不及哈哈大笑。十五岁，会和父母抱怨：'怎么又来动物园？熊猫有什么好看的。我想去看演唱会！'父母会说：'可演唱会门票要八百，动物园只要二十块。'下次再见到他们就三十岁了，抱着自己牙牙学语的孩子：'喏喏，快看快看，熊猫爷爷，爸爸还是孩子那会儿它就在这里了，世界上最长寿的熊猫哦。'他老婆在一旁说：'发了年终奖你也给我买点葆庆春试试呗。'"

一阵悲伤涌上心头，梦许的眼睛有些湿润。

"小王啊，别为我难过。你们人类有句名言叫'别问丧钟为谁而鸣，它就是为你而鸣'。你应该为你们人类难过。你们正站在悬崖边上跳舞，却为自己的舞姿洋洋得意。"

梦许说不出话，深深呼吸着。

"我厌倦了。厌倦了无所作为，厌倦了像一个被历史抛弃的老头子一样絮絮叨叨，用你们人类的话来说——释放负能量。"熊猫先生伸手抓过拐杖：

"够了。"

"您要走了？"

熊猫先生起身，拄着拐杖摇摇晃晃朝外走：

"如果世界就像这间咨询室一样，想走的时候随时可以走，不必非得熬到别人设定的时间，那该多好啊。"

梦许呆呆站在走廊上，这句话在她耳边萦绕良久。

长臂猿 23

　　周一凌晨开始下雨，梦许出门时还觉得视野模糊。巴士仿佛载了一车易碎品。到站下车，梦许快步蹚过泥泞的山路，走到木屋前，收起伞按下门铃时，已经迟到了半小时。

　　长臂猿拿着一条干毛巾来开门，梦许仿佛没看见，径直往里走：

　　"你今天后面有安排吗？"

　　"本来有的，刚打电话来取消了。这样的天气。"

　　"那我们晚半小时结束好吗？另外，请不要分析我今天为什么迟到，我有更重要的事情要讨论。"

　　"没问题。"

　　梦许落座，松了一口气，这才接过长臂猿递来的干毛巾，边擦头发边道：

　　"还是要说熊猫先生。我有种不好的预感。"

　　"什么？"

　　"我觉得，他可能会自杀。"

长臂猿瞪大眼睛：

"就是之前扬言要杀人的那只老熊猫？切换得有点快啊。他说什么了吗？"

"没有，没直接说想自杀。但他就是这样，虚虚实实。"

"嗯，上次督导时看到警报解除了，我就没多问。我错过什么重要剧情了吗？"

"我们上次谈到，他说他只是想考验我，对吧？"

"对，之后我们就转向了另一个话题。"

"他还问我有没有考验过别人。我说有。他就问我，为什么考验别人。我说，因为接下来有更重要的话想说。"

"啊，所以他后来说了什么呢？"

"就这次，他说了……"

梦许突然停下，偏过脑袋看着长臂猿，看他白色的眉毛，下面那双圆圆的大眼睛一如既往关切地注视着她，充满力量和信心，仿佛在告诉她：说出来吧，一切都会有办法的。可这一次，她突然感到一阵心痛，觉得自己不能，也不应该完全交给他。

"……七七八八的，各种童年回忆、白日梦之类。可结尾的时候他又提前走了，走之前还说，要是世界就像咨询室一样，想走随时可以走，不必熬到别人同意就好了。"

"你没有留他？"

"怎么留？咨询师管理时间的边界在于到点结束，来访者要提前走，还能拦着么？说来已经四次咨询了，熊猫先生每次都是提前结束，从没待到准点。这样的来访者我可是第一次碰上。"

长臂猿想了想道：

"这最多说明他对咨询没太大动力。你不是说过，别人送他来的，别人付的钱。"

梦许鼻子里出了口粗气。长臂猿说：

"好吧，不妨把这个困惑先放一边，先想想最坏的可能性：如果他真的自杀了，那会怎么样？你会有什么样的感受？"

"如果他在咨询期间自杀，我的职业前途就捏在葆庆春手里了。如果葆庆春要索赔，天呐，我都不知道自己请不请得起律师。如果他们不想声张——毕竟这有损企业形象——那就私了喽？我得赔多少呢？他们的摇钱树死在我手里。这次的危机比上次严重。如果咨询师没能拉住来访者伤害别人，公众或许能够谅解，毕竟维护社会治安主要是警察的事。但如果咨询师没能拉住来访者自杀，公众怎么原谅他呢？世上可没有别的角色能干这事儿了。"

"嗯……"长臂猿意味深长地看着她，"那你自己呢？你自己会有什么感受？"

梦许看了看他，暴躁起来：

"我知道你在想什么！你在想：你们这些自私的人类，即便到了这一刻，还是满脑子只想自己的利益！可这次你猜错了！如果我可以从所有这些现实的麻烦中全身而退，那我会感觉非常郁闷、非常沉重、非常压抑！恐怕我也忍不住想去死了。"

长臂猿仔细打量她：

"我在想，熊猫先生在你面前是不是也是这个样子：恼怒，悲伤，说起话来愤世嫉俗？"

"好吧，我又一次把他向我发泄的情绪带过来发泄给了你，嗯？祝贺你又发现了一个可以用来写论文的经典平行动力。可我们现在不是要写论文评职称！我对写论文毫无兴趣而写论文对你毫无用处！你论文写得再好心理咨询师协会也不会接收你为会员，因为你是只猴子！"

长臂猿叹了口气，决定忽视她的挑衅：

"那可以告诉我他在这节咨询里到底说了什么吗？所谓'更重要的话'。"

梦许突然蔫了，许久才小声道：

"你确定想听吗？"

长臂猿身体微微一震，看着她道：

"你觉得有什么不适合我听的吗？"

梦许往后一靠，生无可恋的样子，淡淡道：

"你说过你以前是一只实验室动物。我不想伤害你。"

三年前，在闹市区那间地下室，梦许找长臂猿做了一段时间督导，渐渐混熟了。一次讨论完咨询，时间还没到，她就说：

"可以问一个问题吗？我知道这是你的隐私，不方便的话可以不回答。但我真的很好奇：你是怎样成为一名心理咨询师的呢？"

当时长臂猿犹豫了一会儿，说：

"我原本是一只实验室猿猴。我还有一些关于森林的记忆片段，所以应该是出生在野外的。不过从记事起，就生活在实验室里。饲养我的那位心理学家——尽管我不愿这样称呼他——刚评上讲师，薪水低，科研压力大，急着发论文。他研究的领域是灵长类动物的依恋，手里养了很多像我这样的猴子孤儿。我也许比其他小猴子聪明一些，因为他很快发现我在自然地模仿他的语言，还学会一些简单的词汇和他沟通。他对我产生了特别的兴趣，开始教我更多东西，后来甚至把我从笼子里放出来，教我读书写字做实验，把我培养成他的秘密助手——或者说是奴工。没有工作的时候，我甚至可以自由翻阅他的藏书。他收藏了很多心理学书籍，在书架上分门别类放得很整齐。有一类书是我最感兴趣的，也是他从来不会翻的：心理咨询与治疗。我就这样自学了很多东西。后来我发现，他其实在偷偷记录驯养我的过程，等手头的研究做完，就会开始写关于我的论文。我这才意识到，即便有了读书的自由，我也还是一只实验室猴子，还是生活在他的研究中。于是我找机会逃了出来。可我根本没有野外生存能力，只能留在人类社会找份工作养活自己。碰巧在那个年代，谁都可以去考心理咨询师职业资格证，所以我也去考了。"

梦许当时很震惊，但什么也没说。有种东西重重地沉了下去，而当她遇到熊猫先生时，又浮现了出来。

长臂猿打断她的思绪：

"说吧。如果不希望自己的创伤被唤起，就不应该来做心理咨询师。"

好吧，你自找的。这是你的地盘，你是督导，我没有义务保护你。梦许看了一眼小茶几上那条擦过头发的毛巾，深吸一口气，缓缓道：

"嗯，你知道的，我们人类干的那些好事。老熊猫也没有说得很具体，我只能凭猜。当然也没什么好猜的，有点常识都能想象出来。他也是出生在森林，但在动物园里长大……嗯，你懂的。"

"你不用这样照顾我的。"长臂猿微笑道，"你知道吗？我有时觉得，你就像二战时期的日耳曼小孩，我呢，像一个集中营里逃出来的犹太老师。我们在中立国相遇，你来做我的学生，要学一门手艺。这本身是很难得的，因为你知道我永远进不了心理咨询师协会，除了这门手艺我什么也给不了你。在我们的聊天中，你小心翼翼保护我，不想提到任何关于大屠杀和集中营的事。其实你多虑了。千万不要觉得对我说这些事有什么残忍的，和我真正经历过、目睹过的事情相比，这种残忍简直不值一提。"

梦许神经质地笑了一下，眼泪在眼眶里打转。

"熊猫先生的身世也许和我差不多。当然我比他幸运很多，至少我后半生是自由的。我现在能感觉到一些你的担心了，因为说实话，那样的想法也曾很多次出现在我脑海里。"

梦许屏住呼吸。

"你的感受我也能想象。日耳曼小孩也许会宁愿自己出生在一个没有犯下如此滔天罪孽的民族，因为即便没有人怪他，他也会感受到良心的重负。"

梦许吐了一口气。

"而我为什么没有自杀，还来到这里，过上了自己喜欢的生活呢？因为有些东西治愈我：我的个人体验，我的学习、工作，还有日常生活，新鲜的水果，当然还有你——作为我唯一的受督，某种意义上算是我唯一的孩子了。"

长臂猿只停顿了一秒钟——仿佛想跳过这个温情脉脉的瞬间——就继续道：

"来访者会不会自杀呢？这取决于他会不会被治愈。我这样说不是要给你压力。只要时间足够，所有的生命都会被治愈。这就像一场赛跑，但注意是接力赛，你只是其中一位选手，要跑赢他的自杀念头，需要团队合作。"

"其他选手是？"

"他的求生欲，他周围所有人，当然还有命运。"

"听起来没什么团队合作的可能。那你呢？"

"我么，最多算是啦啦队吧。"

梦许叹了口气。长臂猿又说：

"千万不要轻易认为自己可以拯救一条性命。地球上每年有几十亿头饲养的牛和猪被宰杀，还有几百亿只鸡。在进化树上，他们的位置跟熊猫先生和我，以及你，都并没有多少差距。我们，谁也做不了谁的救世主。"

"听起来真让人丧气。"

长臂猿嘴角抽动了一下：

"欢迎来到真实世界。"

杜鹃女士 24

门铃在杜鹃女士约定的时间准时响起。打开门，她正整理身上的羽毛。梦许引她进屋，准备和她提挑沙发布的事。

杜鹃女士跳上沙发时，却仿佛早已想好要坐哪儿，轻巧自然地径直走了过去。

"最近挺充实的。"落座后，她露出难得的笑容，"我渐渐摸到筑巢的门道了。可以用的材料很丰富，河湾公园的广场上常能捡到鸽子的绒毛，五金店的垃圾桶里常有旧绳子和人造的干草。我还尝试了菖蒲叶，这个季节很多，韧性也不错，不知道干了以后耐不耐用。前两天一直阴雨连绵，正好可以测试各种材料的防水性。这方面我不得不说，还是你们人类丢弃的塑料绳效果最好，不过这玩意儿视觉审美上实在是……尤其脏了以后，会让鸟巢看起来像团垃圾。当然它也有优点，用它固定鸟巢基本万无一失。"

"听起来你乐在其中。"

"是的。一个东西经过自己的辛勤劳作，不断观察、学习、调整，变得越来越像那么回事，这个过程非常美妙！我都无法想象，为什么我的同类会放弃这么有趣的事而沉迷于男欢女爱。"

梦许突然想到了蛤蟆先生，脱口而出道：

"也许恋爱自有它的乐趣。"

"也许吧。不过我还是更喜欢创造的感觉。对了王老师，您在自己的工作中会体会到创造的感觉吗？"

梦许扪心自问：我创造了什么呢？也许是个转瞬即逝的精神空间，让一些事得以在心灵层面发生。可当咨询结束时，这个空间就消失了。

"是什么让你想问我这个问题呢？"

"嗯……是有点想了解您，想了解一下您和我有没有相似之处。"

梦许想起在之前的咨询中，她问过自己是怎样找到生命的延续感的。正是这个问题让她开始反思这份工作对自己的意义，开始考虑是不是该生个孩子。这些疑惑变成重重困扰，在长臂猿那里也没有讨论清楚，却意外地在和神秘少年的咨询中得到了解决。

现在一回顾，她突然意识到，杜鹃女士对自己的兴趣似乎大大超过了其他所有来访者。

"你好像不止一次，想了解我，想确认我是不是和你一样。"

杜鹃女士仿佛被什么击中，像块石头一样沉默着。

空气中弥漫着令人心碎的哀伤。梦许忍不住想象，一个非亲生的孩子在成长过程中，会不会经常对养父母产生这样的疑问：你是什么样的？你和我是一样的吗？如果他是亲生的，如果他对这份血缘关系有天然的底气，这样的疑问恐怕只会在初次意识到亲子关系时昙花一现，并不会长时间留在心中。

许久，杜鹃女士深深吸了一口气，说：

"我当然知道您和我不一样，但心里多少希望我们有些地方是一样的。"

梦许突然不知该说什么。

"我很小的时候就开始观察自己和父母：体态、羽毛的颜色、五官的比例、眼睛和嘴的形状、爪子上的纹路。我最常思考的，就是我和他们哪些地方一样，哪些地方又不一样。每发现一个一样的地方，我会高兴好几天，发现一个不一样的地方，我又会难过好几天。当然，不一样的地方总是比一样的地方多很多。那时我还不知道什么亲不亲生，也没想过为什么自己老喜欢这样做。这也许已经成了我的习惯。离开家后，我也到处寻找那些和自己相似的鸟儿，想找到那种……说不清是什么感觉。"

"一种'根'的感觉吗？"

"根？"

"或说是起源，归属，自己是从哪儿来的。一种感受上的家园，那里有自己的父母、兄弟姐妹，家族成员都长得很像，可以和其他种群区分开来，大家心照不宣地共享一些知识、经验、生活习惯，自然而然地更容易理解彼此。"

杜鹃女士的眼睛有些湿润：

"是啊，可我不能理解他们，他们也不能理解我。"

"也许这让你觉得在这世上很孤独，不知道自己属于哪儿。"

杜鹃女士抽泣起来。梦许拿过为蛤蟆先生准备的纸巾盒递给她。

她想起长臂猿在上次督导中说过的话，想到了她自己，二战时期独自生活在中立国的日耳曼少年。她属于哪里呢？她抬头环视这间咨询室：沙发、小茶几、书架、写字桌、转椅、台灯……她想起自己刚搬进来时怎样细心布置并乐在其中。

本质上她和杜鹃女士一样，为自己的同类感到羞耻而远离他们，用自己的方式筑了自己的巢。长臂猿的木屋也许是她唯一的根，那些他想尽办法连哄带骗要她喝下去的果汁，就像外婆家里炖的汤。而她总是能不喝就尽量不喝，仿佛决意不接受这段督导关系里的任何私人情感。可是想想他们讨论的内容：日耳曼少年和犹太人老师——他们的关系里，难道不是早已充满了私人情感吗？

有些生命是幸运的，他们成长在大体正常的家庭中，继承了祖辈留下的财产、名望、职业或生活习惯，或找到了一个集体，融入其中获得庇护和支持。可另一些生命，他们的根就是他们的痛苦之源，是他们最初的创伤。此后他们便成为游荡者，一切都只能仰赖自己。熊猫先生、长臂猿、杜鹃女士、神秘少年、她自己。

体会到同病相怜的感觉时，梦许觉得自己既孤独，又不孤独；既不知道自己属于哪儿，又觉得自己就属于此时此地。看见抹眼泪的杜鹃女士，觉得她就像一位精神远亲。

25
神
秘
少
年

和神秘少年约定的时间快到了，梦许又紧张起来，走来走去确认各种细节：座钟有没有在该在的位置——不过那少年似乎并不需要，他总能自己准时停下；纸巾盒，大的小的无所谓，就算太阳从西边出来，他也不会掉一滴眼泪——也许还是收起来比较好，梦许能想象他如果留意到纸巾盒，大概会讥讽道："哈哈，这么贴心！你以为你能让我痛哭流涕吗？"可如果他发现她收起来了，或许又会说："你开始有自知之明了，我很欣慰。"

所以还是放在平时的位置不要动吧。不引起他的注意，也许是不被他抓作把柄的最好方式。

还差四分钟。梦许第三次走进卫生间，对着镜子整理衣领和头发。平时她根本不关心这些细节，要是突然变得一丝不苟，反而会暴露自己的心虚，也许最好在整洁中制造一些仿佛不经意间留下的小凌乱，又或许最好的方式还是像平时一样——可我平时是什么样呢？梦许再次沮丧地意识到自己平时根本没关心过这些细节。

门铃响了，心脏开始怦怦直跳，让她感到厌烦：今天又要遭受怎样的刁难了？如果实在熬不过，索性装死，让他不满意，直接结束咨询得了。

想到最后的退路，她才鼓起勇气去开门，却看到少年的表情前所未有地放松，甚至挂了一丝若有若无的笑意。

刚落座他就开腔了：

"今天来这儿的路上，我遇到一件可有趣的事。这里出去沿河不是有一片小树林吗？我路过那里时，看到一个很扎眼的东西。鸟窝！我见过最丑的鸟窝，像一团垃圾被大风刮到树上。我正好奇谁弄了这么个东西，就看见一只脏兮兮灰扑扑的小鸟，衔着什么破玩意儿飞过来了。天哪，这样一只鸟，建了这样一个窝！我当时心想这果然是末法时代。"

梦许松了口气：总算听到他像个正常来访者那样说话了。

"这只小鸟居然也看见我了，放下嘴里的东西飞过来跟我说：'你的粉红围脖上有一根线脱开了，你不要的话可以给我吗？'哈哈，我猜她也不知道我是谁，不然不敢对我这么随意。"

梦许忍不住笑了。

"我把围脖解下来整条送她。她道了谢，我们就这样聊起来。她跟我说了她的身世，你猜那是怎样一个故事？王梦许，你肯定猜不到！"

梦许又笑了。终于有一些事情，是她知道而他不知道的了。

"她呀，居然是一只杜鹃。就是那种自己不筑巢不养小鸟，专门到别的鸟窝里下蛋，还把人家的蛋推出去的鸟。可你猜她为什么要筑巢呢？能猜到吗？"

"嗯……是不是因为她太内疚了，不想像自己的同类那样生活呢？"

"不错，王梦许，你算是有点长进。看她的样子，筑巢筑得可开心了，虽然——"那少年掩口笑道，"实在不敢恭维！"

仿佛一只杀气腾腾的动物突然放松警惕蹭了过来，梦许决定壮着胆子摸一下："难怪你那么开心。"

少年突然看着她："我开心还有一个原因，看你猜不猜得到。"

梦许也有些开心起来，和这位少年的关系，也许终于冰雪消融，可以正式上路了。她想了想说："猜不到。"

"他心通你还得好好练。我一开始之所以来找你，是因为对我父亲做的事耿耿于怀。我一直不想告诉你具体是什么事，因为那样一来就暴露了我的身份。但什么事并不重要，他对我做的，不过是这片土地上几千年来大多数父亲都会做的。他算是个有社会地位的人，但作为父亲，无论好坏，他都并无过人之处。"

梦许印象中，这是他第一次不带戾气地谈到父亲，虽然还有些鄙视的意思。

"扯远了。那只杜鹃的身世，突然让我想到一种可能：会不会我也不是我父亲亲生的？"

"为什么这么说呢？"

"就说出生那会儿，我母亲怀了我三年六个月，刚生下来还是个肉球。可两个哥哥出生时都挺正常的。又说我父亲看到这个肉球，居然本能觉得是妖怪，拔剑就砍。他怎么想的呢？搞不好他也觉得我不是亲生的。"

"嗯。"梦许微微点头，"有办法弄清楚吗？"

"这就是个悬案了。我既已失去肉体凡胎，当然不可能去做什么亲子鉴定。不过事实怎样并不重要，重要的是这种可能性。"

"可能性？"

"我不是亲生的这种可能性。以前从没想过，只觉得父亲对我太狠心、太无情，我恨他恨得牙痒，却又好像欠他很多。尽我所能还了，还是觉得不舒服。"

"当然。"很多亲子关系的一个死结，是在计算"欠"与"还"时，只算"付出"与"回报"，却忘了计算"伤害"和"赔偿"。梦许想象着在长臂猿面前自嘲："那是因为我们粗鲁野蛮的人类，只看得见利益得失，看不见伤害和痛苦。"

"可如果我不是他亲生的，一切就顺理成章了。人对非亲生的小孩冷漠、专横、粗暴，听起来也不是很过分，毕竟他养了这个孩子许多年。这样一想就释然了。他要像对家奴一样对我也可以，说不定我本来就该是个家奴。如果我是家奴，就不欠他什么了，最多欠点赎身银子。"

梦许心里笑了一下。

"也许有人会因为知道自己不是父母亲生的而难过，比如那只杜鹃。但我想到这种可能性就觉得很轻松，没了血缘关系，就事论事就好。"

如果坐在这里的是杜鹃女士，可能会说另一句话：也许有人会觉得被父母管束非常不自由，但这至少意味着他们是有根的，不会孤独无依。

"如果能就事论事，你又会怎么理解那件事呢？"

"咳，家奴在外面惹了祸，回来被主子重罚——就这么回事呗。过去几千年里这种事可谓家常便饭，为什么我一直想不透呢？恐怕还是总被人叫太子，忘了自己可能就是个家奴。如果只是这么个事，当时的我年纪小，血气方刚容易激动，现在过去这么久，见多了世面，也能释然了。"

"听起来，你希望这种可能性就是事实？"

少年瞅着她，仿佛又看穿了她的想法：

"王梦许，你比这个时代大多数人都活得认真，这点我是欣赏的。心理咨询师就该认真，每个不认真都会让你们离江湖骗子更近一步。我也很认真，我不会为了让自己好受点就自欺欺人。没错，这只是种可能性，但如果就是亲生的又怎样？男人快活一次产生几亿个种子，如果每一个都有机会长大成人，那就都欠着他了？——这债放得可真是一本万利。"

梦许又笑了一下。

"我问过那只杜鹃：'你会觉得亏欠自己的亲生父母吗？他们给了你生命。'你猜她怎么回答？"

这个问题可算问对人了，梦许心想，杜鹃女士一定会说：我从没想过这个问题，我觉得亏欠的，一直是我的养父母。

但这少年太聪明了，她不想留下蛛丝马迹让他发现杜鹃女士也是自己的来访者，只说：

"一只小鸟会想这么复杂的问题吗？"

轮到少年笑了。

"你小看她了。她的回答是：'我觉得是他们欠了我。他们生养我的方式建立在对其他无辜生命的伤害之上，这让我从小得不到正常的父母之爱，长大后又背上良心的重负，而这一切都没有考虑过我同不同意。"

梦许有些吃惊，想起周老师的话："顺利的咨询中，咨询师往往会成为来访者最信任的人，知道很多来访者没法告诉其他人的事。如果不是这样，那咨询关系恐怕出了问题。"可长臂猿说的却是："来访者对咨询师的信任是人工的，是咨询设定出来的，它可以很深刻，但很多时候并不——"她记得他当时顺手拿起桌上的一只橙子："有机。这层关系有个天花板。它可以进展得很快，但并不能达到生命在自然状态下可以缔结的关系的最佳品质。所以来访者多多少少都会告诉其他人一些咨询师不知道的事，生活中也会有咨询师想象不到的一面。"

'唔……那可真是一只很有悟性的杜鹃。"梦许回应道。

少年微笑：

"你我难得达成了共识。"

许久的沉默。梦许发现自己在这种轻松舒畅的氛围中竟渐渐感到有些无趣，终于又主动说话了：

"所以现在，你想咨询的问题算是解决了？"

少年表情严肃起来，眼神却很柔和，说：

"怎么，你等不及要赶我走了？"

"没有，我只是……"

"你只是又不知道自己能做什么了？"少年嘲笑道。

梦许挠了挠头：

"是啊，我还能做什么呢？"

少年若有所思：

"嗯……这事不由你说了算。咨询什么时候可以结束，不该由咨询师说了算，应该由来访者说了算，对吧？"

梦许又无言以对——卸下武器的少年还是可以对她步步紧逼。

"所以你就别操心啦，什么时候我觉得不用来了，会告诉你的。"

梦许有些惊奇地感受到一种被照顾的温暖感。眼前的少年，仿佛一个突然间懂事了的弟弟。

26 河马小姐

河马小姐准时按响门铃。门一开，她像阵旋风，用力一扭肩膀挤进来，包着海绵垫的门框发出重重的摩擦声。第二道门也没能幸免，梦许还没缓过神来，她已经一屁股坐在地板上：

"王大夫，我本来不想再来了，我觉得心理咨询没什么用。办法是我自己在想，努力是我自己努力，失败也只是我一个人失败。你呢，不过在一旁隔岸观火，指指点点。你们心理咨询师赚钱太容易了，我以后要是找不到工作也来做这行！"

梦许哭笑不得，强忍着把"欢迎啊！"三个字咽下去。来访者对咨询不满时常会产生这样的想法，可如果他们真的入了行，没几个能坚持下去。

"不过我今天还是来了，因为上次咨询完回去的路上发生了一件非常不愉快的事。如果这件事发生在别的时候，我也不想来跟你说，因为你帮不了我。可偏偏发生在咨询完回去的路上，如果不是因为来咨询，我根本不用经历这么讨厌的事，所以我觉得应该来告诉你，把这件事给我的负能量全都转给你！"

河马小姐说着，两只短短的手悬在空中，像个开始发功的大师，要把一堆看不见的神秘物质推过来。

梦许想笑，竭力控制着正色道：

"发生了什么事呢？"

"做完咨询，我从河里游回家。可能有点心不在焉，突然撞上个什么东西。仔细一看，是三只小王八，可能刚才叠罗汉浮在水面上，被我撞散了。我正考虑该怎么道歉，毕竟我不知道怎么和别的动物相处嘛，又怕大家不喜欢我。没想到这三只碎嘴的小王八居然一个跟着一个骂起我来。"

"他们骂你什么呢？"

"啊，难听极了，什么肥婆、死胖子、不长眼睛……我起先很难过，心想果然又被大家讨厌了。可他们见我不回嘴，得寸进尺，说什么河马也不过如此，块头那么大却胆小如鼠，到底还是他们王八最厉害之类的。我越听越气，怒火中烧，可怎么也想不出来该说什么。最后实在忍不住，不知道哪里来的力气，跃出水面大吼了一声：'滚！'"

尽管是转述，但这一声吼气势之强，让梦许下意识往后错了错，仿佛这个"滚"字也是送给自己的。

——好吧，上次结束时生我的气生到现在，也不算没有理由，梦许心想。

河马小姐自己似乎也有些吃惊。她顿了顿，又说：

"我从来没这样喊过，没料到自己的声音竟然那么大。四周突然寂静下来，不要说那三只碎嘴的小王八，连背景里的鸟叫声和虫鸣声也没有了，只剩下从我身边扩散开来的一圈圈水波拍到河岸上的声音。"

"干得真不错！"梦许忍不住说。

"是吗？"河马小姐将信将疑，"王大夫，您不是在安慰我吧？我脾气那么暴躁，这件事传出去更交不到朋友了。"

"遇到那样的事生气是很正常的，何况你在大吼之前已经忍了很久了。"

"可这样的举动实在是……有失淑女风范啊。"河马小姐扭动起身体。

梦许想起她进门时的样子，在心里微笑起来。

"淑女风范……是什么样的风范呢？"

"啊呀，就是文艺电影里演的那样啊！比如说你们人类，淑女就是马蜂腰，前面后面该有的有，但不能太大，脚一定要小巧玲珑，穿旗袍、小礼服，显腰身。泳装也显腰身，但不能穿比基尼。笑起来不能露出太多牙齿，尤其不能露出牙龈，吃东西要用刀叉或筷子，一小块干净利落送进嘴里，不能抹脏嘴唇，所以樱桃最适合，一点点肉，优雅，显嘴小——就是那样啦，你懂的。你也是女人嘛。"

"可是听起来，这些描述都不太……适合你。"

河马小姐的身体像她膨胀的内在突然被戳穿，肩膀沉下去，脑袋也耷拉下来：

"王大夫，您不用说得那么委婉啦。我知道我离所谓淑女差远了，甚至可以说，我就是淑女的反面。现在想想，那三只小王八说我的时候，我为什么那么生气呢？当然也是因为他们说中了我最痛的地方。"

梦许想起一件往事，要脱口而出，却被心中的周老师拦住：

"不要和来访者讲你的故事，不论是你听到的、看到的、读到的，还是亲身经历的。我们的工作是帮他们理解他们的经验，而不是用我们自己的经验去打扰他们，入侵他们。"

长臂猿的声音又出现在另一边：

"哈哈，这种想法太自大了。世界如此复杂，观念的流动和碰撞充斥着我们的生活，来访者一生中相当多时刻都在遭受他人经验的打扰和入侵，多我们一个不算多。我们的经验，只要不涉及我们的隐私或过于个人化的观点，只要我们认为会对他们有用，当然可以分享给他们。"

——啊，是的。梦许意识到，她心中这两个声音其实都是他人经验的打扰和入侵，以"教育"的名义。虽然这会让她不舒服，但她很希望两个声音同时出现，相互拉锯，好让她有所参考，并在很多时候保持平衡。

犹豫片刻，梦许说：

"我可以给你讲个故事吗？"

"当然可以。"河马小姐停了停，"咨询大部分时间都是我在讲，其实我也经常暗暗希望您和我多说一点。"

梦许愣了一下，说：

"在我学心理学的时候，课堂上讨论进化心理学，就说到一个例子：为什么男人……为什么人类的雄性，更喜欢细腰的雌性呢？进化心理学的一个解释就是：腰细说明这个雌性还没有怀孕，这样如果雄性和她在一起，更能确保生下来的后代是自己的基因。"

"哦，原来是为了不当冤大头……"河马小姐喃喃道。

"不过当时，一位同学提出了另一种解释。他让我们想象了一下热狗。"

"热狗？"

"他问大家，如果我们是卖热狗的，怎样可以吸引到更多顾客。答案是，要用窄小一点的面包，这样香肠看起来比较大。"

河马小姐愣了一会儿，吃笑起来，两只手盖在嘴上，仿佛手帕当窗帘用，硕大嘴巴里的牙齿、牙龈、舌头一览无余。

"太坏了。"

"是啊。"

沉思片刻，河马小姐轻松道：

"您是不是想告诉我，很多时候，我们感到自己不得不去符合的一些标准，其实只是为了让另一部分人感受更好，而不是为了我们自己？"

"对。"

"嗯……"河马小姐眼球转向天花板，嘴巴半张，思考了一会儿说，"可是，符合这些标准的个体的确能得到更多啊，比如我家那一带远近闻名的天鹅姑娘，天生丽质身材又好，且不说到哪里都受欢迎，她还不用努力觅食，只要游客多的时候去小桥那边晃一晃，你们人类就会咔嚓咔嚓一通拍照，还送给她很多好吃的。我就不可能有那样的待遇。变美可以活得更轻松，所以，难道不是为了我自己好吗？"

变美可以活得更轻松？梦许觉得眼前这个单纯的姑娘真是不知人心险恶。但是好吧，她不想继续对她进行社会教育了，心中那个周老师会皱眉的。

"嗯。其实有很多天赋、才能，都能让自己活得更轻松，比如有的人很会拍照，或者能以此谋生，或者在朋友中变得受欢迎。可其他人并不会因为自己不擅长拍照而懊丧难过，或者强逼自己一定要拍照，或者被别人发现自己不擅长拍照就羞愤交加。他们知道这个世界很大，可以表现自己的地方很多，他们可以学做菜、学开车、学游泳……任何一种才能都能提供表现自己的舞台。变美当然也是其中之一，可如果变美很难，也许不用就此对生活丧失希望，毕竟它只是其中之一。"

河马小姐想了想，又噘起嘴：

"王大夫，我觉得您说得不对。美不美还是很不一样的。不是谁都对拍照感兴趣，也不是谁都看得出一张照片拍得有没有水平，做菜、开车、游泳也是一样，特定领域的好处，只有少数人能欣赏。可美不一样，美是通用的语言，它能打动所有的生命。就像天鹅姑娘，不仅雄天鹅围着她转，你们人类也喜欢她，就从我们河马的角度，也觉得她好看。"

"所以变美是希望自己能被所有人喜欢、欣赏，是吗？"

河马小姐抱起双手，鼻孔放大了一倍：

"难道不是吗？难道有谁心里没有一丝一毫这样的愿望吗？"

一丝一毫的话，当然。梦许在心里承认，如果年轻时她没有学心理咨询，或许也会像很多同龄女性一样，想当明星、当网红，在变美的路上马不停蹄。可她学了心理咨询。说来也巧，明明是她室友报了心理咨询培训课程，后来改主意要去学金融，这边又不能退学费，恰好梦许当时很迷茫，不知道自己想干什么，室友就把上课的名额给了她。

心理咨询为她打开了不一样的世界。所有人都希望自己被大众喜欢、欣赏吗？长臂猿也许只希望被母长臂猿喜欢，蛤蟆先生肯定只希望天鹅姑娘喜欢自己，杜鹃女士和神秘少年可能从没有过这样的想法，而熊猫先生，对被人喜欢这件事恐怕已经厌烦至极。

如果河马小姐像她一样了解他们就好了。这当然不可能，梦许觉得河马小姐对他们也不感兴趣。她鼓鼓的大眼睛看着自己，好像刚才那句话就是抛给自己的：

王大夫，您不希望被人喜欢、欣赏吗？您一个人在这里开咨询室，看上去也不太注重仪表。您多半在生活中也不参与你们人类的"雌竞"吧？为什么呢？是您真的看开了？还是看不起我们这些在意外表的肤浅家伙？这种看不起又是不是一种防御，压抑着下面那颗觉得自己永远不会被喜欢的、脆弱而绝望的心呢？

"唔……个体的愿望，是这世上最丰富的东西，大家的愿望都不同，形形色色，多种多样。"竟然说了这么一句不疼不痒的话！梦许懊丧极了。

"好吧。"河马小姐突然不知道哪里来的自信，"那我就是希望被大家喜欢、欣赏，希望通过变美活得轻松——这有什么问题吗？我需要改变自己吗？"

梦许出了一口粗气：

"如果这种愿望不给你带来别的麻烦，当然不需要。可你还记得我们之前的咨询过程吗？节食导致胃病，之后你再来见我时，就抱怨我没有及时提醒你可能遇到什么样的风险，没有拦住你做有害无益的事。我觉得你说得对，我应该及时提醒你：如果把取悦他者当作最重要的事，甚至是唯一重要的事，那么，可能还会遇到危险的。"

河马小姐垂下脑袋，咕哝道：

"您这样说，不是和我父母一样了吗？他们总说'你不要减肥，对身体不好'，'别担心找不到对象，等你遇到同龄的公河马，会发现自己其实一点也不胖'。他们根本不能理解我想和其他动物做朋友的心情。所以我才来找您。如果您和他们立场一样，那我来找您的意义是什么呢？"

很多来访者来咨询，总期待听到一些普通人说不出的话，让自己茅塞顿开。但心理咨询不是这么回事。要向不同的来访者解释清楚这一点，是这份工作中一个永恒的难题。

"是啊，我们的咨询并没有按你预想的那样，教给你一些瘦下来或自律的方法，反而常常在讨论瘦下来的意义和后果。这就是心理咨询的工作方式：不是顺应欲望、努力追求自己想要的，而是停下来反思欲望的本质，从而减少受欲望裹挟、控制的部分，变得更加自由。"

河马小姐有些委屈：

"王大夫，您是想说，如果我不再想着变瘦变美，我就自由了？也许您说得没错，可我现在——我现在不想要自由！我只想要被大家喜欢！"

又是一节不欢而散的咨询。送对方出门时，梦许小心翼翼说了句"下周见"，河马小姐则小心翼翼回了句"再见"——事到如今，如果她下次不来，梦许丝毫不会觉得奇怪。

周老师会说:"这种情况咨询是没法继续的,来访者的目标和咨询能为她做的,根本没有重合之处,她可能更适合去找一个健身教练或减肥指导。"

梦许关上门,仿佛顺势把周老师的声音挡在外面。可这次她想象不出长臂猿会说什么。这种普通孩子青春期的奢侈烦恼离他太远,他的青春期是关在实验室里做奴工,思考怎样争取自由。自己是不是一只有魅力的雄性——恐怕是最不重要的事。

27 蛤蟆先生

为蛤蟆先生装的门铃准时响起。开门，他上身一件运动背心，下身一条磨破裤脚的牛仔裤，稀稀拉拉的线头粘在小腿的疙瘩上。梦许忍不住想，今天他走以后，应该洗洗沙发套了。

"王医生，我真是倒霉透了。"蛤蟆先生手捧巨大的腮帮子，十分沮丧。

"发生什么事了吗？"

"前两天，我的女神终于主动游过来跟我搭话了，神态幸福而羞涩，温婉中透着活泼，可爱极了，我差点以为上天终于眷顾我了。可你猜她跟我说什么？"

"她说了什么？"

"她说，她已经跟那个混小子订婚了，下个月就要举行婚礼——难怪那么开心，我还白作多情以为是因为我！"

梦许叹了口气。

"这还不够，她居然说，希望我能赏脸，去给他们的婚礼做司仪！司仪！她的婚礼为什么要请我去做司仪呢？因为我们癞蛤蟆嗓门大，说话自带共鸣箱，随便喊两声远近都能听到。啊呸！要么是想让我站在新郎身边，让一只癞蛤蟆站在天鹅旁边，通过对比，让他们显得更优雅、般配。啊呸！亏他们想得出，他们……"

蛤蟆先生突然停住，有什么东西卡在脖子里，回旋着。终于，他呱一声哭出来：

"根本不考虑我的感受！"

蛤蟆先生号啕大哭。梦许发现那盒专为他准备的小纸巾不见了。她手忙脚乱，终于在沙发底下找到，却发现蛤蟆先生已经抽出两张大纸巾盖在脸上呜咽。沾湿的纸巾渐渐揉成一团，像被不怀好意的人扔了一块湿抹布在脸上。

梦许尴尬地拿着那盒小纸巾坐回自己沙发里，长叹一口气。这件事总算结束了。爱是最无私的，爱情却是最势利的。童话里的王子变青蛙，青蛙又变王子，美女变巫婆，巫婆又变美女，无不是在拿这种势利制造戏剧效果。她想到第一次见蛤蟆先生时他穿的那身礼服，眼前这一身像是随手抓来穿的，却更适合他。很多人一生中都会在理想和现实之间来回拉锯好多回合，追寻理想让人浑身是劲，却相当辛苦；接受现实让人挫败伤心，却又是在善待自己。其间没有对错，只有平衡。蛤蟆先生为理想辛苦蹦跶了这么久，也该躺平休息了。

蛤蟆先生渐渐平复。他把沾了眼泪的纸巾仔细揉成团，起身走到沙发边缘，倚在靠茶几的扶手上望向下方——垃圾桶就在那儿，里面已经躺了几团用过的纸巾。他看看自己手里这团，想了想，轻轻抛下，看它落进去滚了两下，终于静静躺在桶底，仿佛安葬了什么，这才依依不舍直起身体坐回原处。

"其实天鹅姑娘来找我之前，我就在想，幸好她没有喜欢上我，不然我们在一起怎么生活呢？"

"你是指？"

"比如，她是水空两栖，我是水陆两栖，她要想去天上飞一会儿，我怎么跟她一起去呢？我也不能一天二十四小时泡在水里，不时要到地面上待一会儿。他们家族每年秋天都去南方，春天才回来，一年到头，我们真正能相处的时间有多少呢？"

"是啊。异地恋很不容易。"

"更何况，"他有点难过地补充，"如果我和她形影不离，大家会怎么说呢？我是不在乎的，可她受得了那些闲言碎语吗？多漂亮的一只天鹅，居然嫁给了癞蛤蟆。她的亲人和朋友会怎么看她呢？"

他看着梦许有些困惑的样子，苦涩地笑了一下：

"我也觉得奇怪，说来我是在河湾湿地长大，从小就知道她，这些都了解的。可从前想到的时候，一直没觉得是问题。大概爱情会冲昏头脑，觉得只要有爱情，什么问题都不是问题吧。"

梦许笑了。如果世上有时间机器，她真想安排此刻的蛤蟆先生和几周前的他见面，好让他亲自确认爱情这种致幻剂带来的现实扭曲。

不过长臂猿会说：

"那又怎样呢？谁也不能终身免疫爱情，只能逐渐免疫对特定类型的沉迷。这其实是件好事，因为爱情总把人置于强烈的痛苦和强烈的幸福造成的势能差之间，让其淬炼成长。在充分成长的情况下，蛤蟆先生将对这一种爱情产生免疫，下次让他坠入爱河的，也许就是一只聪明善良的母蛤蟆了。"

梦许有些伤感：她已经好久没有爱上过别人了。如果这个动词一定要有一个宾语，那她只爱她的工作。她突然想起，中介带她来看房子时，她看完一楼，二楼卧室都没上去就定下了租约。亏得中介周到，提醒她去二楼转转，还绝口不提低矮的天花板，只对朝南的飘窗大加赞扬：树影婆娑，能看见远处河面一角——哪个女生会不喜欢这样的卧室？

她想起神秘少年那犀利的眼神，扫过她藏烟斗的抽屉：

"没有一个抽烟的人，会满足于抽别人的二手烟。"

长臂猿大概也会说：

"我早告诉过你嘛，不要把所有心思都放在咨询上，那只是一份工作。如果你遇到一位来访者，像你这样沉迷于工作而没有个人生活，你一定会觉得他有点什么问题吧。"

蛤蟆先生平静地坐着。梦许看到他如发福中年男人一样隆起的腹部，磨破的裤脚，小腿疙瘩上的线头，竟突然心生羡慕。

28 熊猫爷爷

"小王，能把灯光调暗一点吗？太刺眼了。"熊猫先生落座后说。

梦许转身去拧开关："这样可以吗？"

"可以。"

熊猫先生不说话，右手搭在扶手上。梦许想起蛤蟆先生，他就是倚在那里，最后看了一眼垃圾桶。此刻，熊猫先生把胖胖的手掌放在那儿，一根根手指依次落下来，轻摸一下沙发布又抬起，循环往复。

梦许突然觉得有些异样，仔细看了看，心里数了两遍——果然，熊猫先生有六根手指。

"小王啊，"熊猫先生开口了，"下次我就不来了。"

"您要结束咨询？"

"对。"

"啊，为什么呢？"

"为什么？"熊猫先生把手抽回来，十二指交叉放在肚子上，

"每个来访者要结束咨询时，你都会这样问吗？"

"是的，都会。"

"为什么要问这个问题呢？"

是有一些来访者会这样问，答案早在梦许心中预备好了。但此刻要说给熊猫先生听，她总觉得有些不对劲：

"结束的原因很重要，里面常常隐含一些没说清楚、没意识到的问题，可能是来访者的问题，也可能是咨询师的。如果能讨论清楚，双方都会有所收获和成长。"

熊猫先生笑了：

"等你活到我这把年纪，就不会再对什么'收获''成长'感兴趣了。"

梦许有点窘。

"我建议你以后不要问这个问题了。"

"为什么？"咨询师的职业自尊心最不舒适的时刻，恐怕就是被来访者教训应该怎么做咨询了。

"为什么小草变黄了？为什么树叶落下来了？为什么窗外的蝉不叫了？为什么蛾子掉在地上一动不动？——这些都是哄小孩的《十万个为什么》。所有问题的答案都是同一个：时候到了。如此而已。"

"时候到了……"梦许喃喃重复着。变黄的小草，掉落的树叶，沉默的蝉，地上一动不动的蛾子——来访者说的一切都和他有关，尤其是那些看上去毫无关联的。她开始有种不祥的感觉。

熊猫先生像是感觉到什么，突然轻松道：

"高兴点！小王！来访者不再需要你，说明你的工作完成了，完成得很好，应该为自己干一杯。你很快会有别的来访者。你是一名优秀的心理咨询师——请相信一个见多识广的老家伙的判断。如果我是自由的，我会愿意为你代言。"

"您是说，您已经不再抑郁了？"

"那是你们的看法，我并不觉得自己曾经抑郁过。不过这已经不重要了。我现在挺好的，没有心事，没有烦恼，没有任何内心冲突，吃得饱睡得香。我只是在等死，安安静静地等死，像所有人期望的那样。"

梦许忍不住想说："我可没有那样期望。"可一想到熊猫先生也许会问："那你期望什么？"——她实在想不出怎样回答这个问题，只好把话咽下去。

"啊，可是……现在似乎并不适合结束咨询……"

熊猫先生来了兴致：

"是吗？那么通常而言，排除掉那些来访者不信任咨询师所以决定中断的情况，或者双方没有进展的情况，咨询到底什么时候才能结束呢？最终要达到什么样的目标才算圆满呢？"

"这个么……早期的精神分析大师提出过两条标准。这门技艺发展的一百多年间，后人又在此基础上补充了很多标准，但这两条标准还是最公认、最核心的。就是……"梦许突然感到心虚。

"是什么呢？"

看着好奇的熊猫先生，她觉得这两条标准可笑极了。但就像参加心理咨询师考试的面试，教科书上的重点已经像膝跳反射一样储存在她的舌根，一有机会就弹了出来：

"爱和工作的能力。"

果然，熊猫先生被逗得哈哈大笑，眼泪都笑出来：

"爱和工作？所以你觉得对我这种情况的老家伙而言，怎样才算有了爱和工作的能力呢？"

这个问题要问周老师，长臂猿只会躲在角落里等着看自大的人类出丑。然而住在她心里的周老师仿佛没有听见。

"我是不是应该爱岗敬业，做好葆庆春的代言，并对来动物园看我的孩子们心怀一种祖父对小孙子的慈爱，如此直到生命最后一刻——才算是一头身心健康的老熊猫呢？"

梦许觉得无地自容。

"好了，"熊猫先生仿佛看出她的窘迫，"我不想为难你。如果说我对生活还有什么不满，唯一的就是孤独。可我为什么这么孤独呢？因为每当我试着跟谁说两句真心话，对方的反应就好像我在为难他。"

梦许深吸一口气，本想说："您不必有这种顾虑，心理咨询就是想说什么说什么。"又觉得这样的回应是把已经深入的情感带到肤浅层面。

深层的是什么呢？是一种共振。除了长臂猿，她还能跟谁讨论这些奇怪的个案？在人类同行面前，就连她的督导是长臂猿这件事，她都没法毫无顾忌地讲出来。他们可能会问：你是不是擅自停药了？如果她把对他们的意见都讲出来，他们的表情也会显得是她在找茬，在为难他们。当初她一个人跑来这里，不就是因为既不想为难自己，也不想为难他们么？如果没有长臂猿，她当然也是孤独的。

"您没有为难我。您说的事情会让很多人觉得难以消化，因为挑战了他们原有的认识。这是他们的问题，不是您的问题。您有权说出自己想说的话。"

熊猫先生愣了一会儿，温柔道：

"小王啊，虽然我一直对人类没什么好感，但你的确和他们不一样。"他微微侧身，在身上摸索着："结束前，我有一样东西要给。你会喜欢的。"

他掏出一只封好的小信封递过来：

"有个条件：等你听到我的死讯以后再打开。"

梦许一怔，伸出的手停在空中。

熊猫先生笑道：

"这只是一个身价千万却一无所有的老家伙的一点心意。不过，我并不想让你高兴得太早。"

他把信封往小茶几上一放，摸了拐杖起身朝外走，一面大声说：

"谢谢你，王大夫。和你聊天每次都让我很愉快，很有——收获。"

正门被拉开，路灯洒进来，熊猫先生的影子投在咨询室的地板上。只一瞬，就有另外两片黑影左右夹过来，吞没了它。门又被关上，不多时，听到外面一阵引擎响，轮胎碾过地面的声音渐去渐远。

梦许起身，垂着脑袋默默站了许久。

长臂猿 29

周一上午，梦许准时进了长臂猿的木屋，坐着不说话。等了一会儿，长臂猿问：

"怎么了？从来没见你这副表情。"

"什么表情？"梦许眼皮都不抬。

"怎么说呢……一脸死气。"

"老熊猫结束咨询了。"

"哦。是脱落？还是好了？"

"他自己说是好了。可我隐隐觉得，这次结束既不是脱落，也不是康复，他只是……"

"什么？"

"快死了。"

长臂猿猛吸一口气，细细吐出来，问：

"是什么让你这样觉得？"

"一种氛围。他的告别很简单，就像那些不能直接告诉咨询师自己已经不信任他的来访者，表面仍维持礼貌友好，说什么我现在感觉好多了，已经没什么烦恼了，你是一位优秀的咨询师，我会向亲朋好友推荐你……一类的。我觉得他每一句话都话里有话，但又不是这种情况。他好像只是快要离开这个世界了，结束咨询，是离开这个世界的一个步骤。他还送我一个礼物，要我等他去世了才能打开。"

长臂猿的两根眉毛蹙起来："你的意思是，他是要自杀，还只是预感到自己不久于世？"

"我也不知道。"梦许垂下脑袋，用双手使劲儿搓了搓脸，说：

"这两种情况看似有区别。生命越年轻，你越会感到它们截然不同。但生命越老，它们之间越接近，边界难辨，甚至部分重叠在一起。年老的大象独自走向大象墓园，这是自杀还是自然死亡呢？重病患者决定不进 ICU，而要回家等死，这是自杀还是自然死亡呢？没钱看病的老人拒绝吃饭，等待死亡，这又算不算自杀呢？"

长臂猿叹了口气。梦许继续道：

"熊猫先生，我觉得他仿佛知道了什么，又像是做了个决定。"

"那听起来，他的内心好像已经不再有冲突了。"

梦许转过来盯着他：

"你的意思是，如果来访者已经没有内心冲突，我们的工作就结束了？哪怕他们最后做的决定导向死亡？我们的工作仅限于解决内心冲突？"

长臂猿苦笑道：

"那你还想怎样？能帮来访者解决内心冲突已经很不错了。"

梦许看着他，眼神终于有了活气：

"把你想说的说出来吧！你是不是想说：'王梦许啊，难道你还想拯救世界吗？'"

长臂猿噗嗤一声，微微低头道：

"我可没有那样说。"

梦许出了口粗气，扭过头去。

长臂猿缓缓道：

"去了解一下自杀的历史，你就会发现，有多少种性格就有多少种自杀的原因。也许其中很多是因为内心痛苦无力解决，但千万不要有种幻想，觉得他们当时如果能遇到合适的心理咨询师就不会死了。这种幻想，正是心理咨询师被很多艺术家和思想家讨厌的原因之一。没必要。心理咨询师所触及的世界，只是真实世界的一小部分。咨询室像是战乱中一间小小的避难所，它也许很好，但不是所有人都想进来。你选择了这份职业，就是选择了在避难所里扫地做饭照顾伤员。当他们离开后，他们做什么决定，经历什么，就和你没关系了。外面那个世界太大，我们在其中做不了什么。"

梦许闭上眼睛，深吸一口气，艰难地吐出来：

"也许我该改行了。"

"未必不是好事哦。"长臂猿望着空中说，"我猜正常的咨询师脑海里时不时都会冒出这样的想法，就像正常的父母时不时都会想'要是我没生下这个熊孩子就好了'，正常的伴侣时不时也会想和对方分手离婚。"

"你也想过？那你会想转行去做什么吗？"

长臂猿笑道：

"你今天不介意浪费你的钱和时间讨论我的私人问题了？"

"如果我都快要不干这行了，还有什么好介意的？"

"嗯……那我大概会去农场里摘果子吧。我有这么长的手，也是老天爷赏饭吃。你呢？"

梦许苦笑：

"我不知道还能干什么。我觉得心理咨询师除了自己的职业技能，很多方面其实是个废物。我们太容易感知别人的痛苦，太容易深陷其中开始悲天悯人。这样的特性本身就不适合这个时代——不适合外面的枪林弹雨。你说得没错，咨询室是战场上的避难所，但它不仅是来访者的避难所，也是我们的避难所。我们太脆弱了，只能胜任照顾伤者的角色。"

"是啊，创伤把我们推进边缘之地，说到底我们才是那批最难回归社会的。比如说我，既不可能融入人类社会，也从来没发展过野外生存能力，只能在这个时代的缝隙中给自己找到一角立足之地。不过……"

梦许突然觉得长臂猿看她的眼神前所未有。

"不过什么？"

"咳。我到了这把年纪，这辈子大概不会有什么变数，我也没兴趣再有什么变数。可是我看你，常常有长辈看晚辈的感觉。"

梦许笑了：

"那是什么感觉？长辈看晚辈也有很多感觉呢。"

"虽然我很享受做你的督导，但内心也希望你尽快成长，成长到不再需要我。"

"为什么？"

"那样我就可以从你的世界里淡出了。我不希望你变得越来越像我，比如，在咨询技巧上离教科书越来越远。"

梦许心中升起一种难言的艰涩。

"你是人类，没必要一直和我混在一起，变得那么边缘。我希望你在内心深处永远忠于自己，做自己认为对的事，但也希望你在外在形式上，融入人类社会，像主流咨询师那样去演讲、上课、做电视节目——把事业做得风生水起。"

"你觉得，这两件事可能同时做到吗？"

"对我来说不可能，对你来说是可能的。"

梦许心中某个脆弱的地方在颤动，仿佛自己又要被抛入孤独。

"我也希望你有自己的生活，谈恋爱、组建家庭什么的。我们在督导中从没讨论过生活和工作该如何平衡。我希望有一天你问我：一位来访者要临时增加咨询，可你已经定好了要和男朋友约会，该怎么选呢？"

梦许悲伤地笑道：

"我最讨厌长辈把自己没能实现的人生理想寄托在晚辈身上，以此防御对自己人生的无力和绝望。"

长臂猿笑着摇摇头，突然想起了什么：

"哦，对了，你还想生孩子吗？之前你谈到过这个问题。不知道后来怎么样了。"

"后来？治好了！"梦许自嘲道，"我被一个来访者传染的毛病，让另一个来访者给治好了。用的是厌恶疗法。"

"哦——"

"我读书的时候，学到厌恶疗法简直讨厌极了，心想这么粗暴野蛮的方法，怎么还能上教科书呢？后来开始做咨询，我也从没用过。讨厌了它这么多年，最后居然自己被它治好了。"

"感觉如何？"

"真是一剂猛药。"

"啊，你这样说，我又想起一件事。"

"什么？"

"开春你第一次来的时候，好像说到过一位——河马小姐？一直觉得自己胖，没朋友的那个。后来就再没听你提到过。她还好吗？"

梦许往后一靠，双手抱在胸前思索片刻道：

"她呢，每周都有一些状况，不大不小。我常常担心她不会再来了，很想和你聊聊。但不知为什么，其他来访者带给我的感觉总是比她强烈，等我见到你，最想谈的总不是她。下一周再见到她，又觉得恍如隔世，甚至有些陌生。她就像——一个细小的声音，很快就被其他嘈杂吵闹盖过去了。"

"唔……她……存在感很弱——可以这样说吧？日常生活中也是这样吗？很容易被忽视？"

"仅就外形而言，她绝对是个不容忽视的存在。但她的确没什么朋友，不怎么出门，而且在我和你的讨论里也被忽视了挺久。她好像一直站在咨询的门槛上。如果哪次咨询没有出现，联系她也不回复，我丝毫不会惊讶。"

"为什么？"

"嗯……我觉得我们的关系始于一个误会，她认为我能帮她做的事情根本不是心理咨询的范畴，她应该去找其他人。可另一方面，这段关系的确维系下来了，她一次次地来，倾诉、交流，虽然对我有很多不满。我呢，一直觉得她对我说的话油盐不进，但也能看到她有了些变化。"

"你觉得……你们有没有什么相似或相反的地方？"

"为什么突然这样问？"

"直觉。"

是的，她们完全相反。河马小姐成天想着怎样变瘦变美，让大家都喜欢自己，然后趁老去之前把自己嫁个好婆家。梦许意识到河马小姐如此单纯地渴望过上普通女孩的生活，只是卡在那里上不了路，而自己早放弃了那条路，走了一道"窄门"。咨询最大的障碍，就是她希望用自己的视角去拓展河马小姐的视角，帮她离开那个"非如此不可"的泥潭。而河马小姐一直抗拒离开那里，这在梦许看来成了"油盐不进"。啊，梦许发现了咨询不顺的原因：她无法理解河马小姐为什么非要走那条被她放弃的路——是自己无法进入对方的内心。

那条通向雌竞、恋爱、婚姻的路，也许还有生孩子……

"都没有。"为了避免继续讨论下去，她干脆地回答道。

30
杜鹃女士

与杜鹃女士约定的时间过了十分钟，低音门铃响起。开门，梦许看见她的羽毛比之前更凌乱，鼻梁上渗出细细的汗珠。

"王老师，"她头一次急切地越过梦许的脚背，小碎步往里跑，一面道，"抱歉今天来晚了，一会儿我还得早点走，先和您说一声。"她扇着翅膀跳上沙发，径直走到正中央，利索地坐下来。

"啊，对筑巢这件事越来越投入了？"

杜鹃女士干练地摇摇脑袋："我现在做的事，可比筑巢复杂多了。"

"哦？发生什么了吗？"

杜鹃女士叹了口气，又很快开口道：

"前两天，我在草地上发现了一只小雏鸟。"

"哦？"

"嗯，找材料的时候，在一棵大树底下。很小，只有我的翅膀尖那么大，眼睛都没睁开，嘴巴张得大大的，吱吱叫唤。您能想象吗？一开始我慌张极了，不知道它从哪儿来的，脑子里浮现出各种可能：大风刮下来的，蛇口逃生掉下来的，被你们人类小孩拿弹弓打下来的……当然还有，你知道我最容易想到的：被某位急着下蛋的同类从别的小鸟巢里推下来的。"

她喘了口气，继续道：

"我本想飞到树上找一找，又担心我一离开，它会被别的动物吃掉。树上掉下来的雏鸟往往很难存活。于是我就待在它身旁，一会儿跳到左边，一会儿跳到右边，一会儿望望天上有没有正急切寻找的鸟妈妈，一会儿飞起来看看周围有没有天敌。它就一直在那里，脖子伸得长长，嘴巴张得大大，像一朵在风中摇曳的小野花……"

杜鹃女士突然不说话了，眼睛里亮闪闪的。沉吟片刻，才说：

"它好像完全不知道发生了什么。"

梦许突然感觉鼻子有些酸，伸出食指搓了搓鼻梁。

"我当时混乱极了，又着急，又害怕，又难过，又不知所措……我又想它是不是饿了，看样子应该很饿，一直都很饿。我也不敢飞远，就在附近找了一些小虫子塞进它嘴里。它合上嘴吧唧两下就咽下去，然后又伸长脖子，张大嘴，和之前一模一样。我突然明白，原来小孩子就是个无底洞啊。"

梦许忍不住轻轻一笑，看到杜鹃女士的眼神也温柔起来。

"熬到黄昏，我想这样下去也不是办法，只好把它带回我新筑的巢里。小家伙对光线很敏感，天一黑就靠在我身上睡着了。我呢，一动不敢动，生怕把它弄醒，一直撑到天亮。"

她似乎这时才留意到自己身上羽毛凌乱，有些不好意思，用嘴理了理，说：

"那一晚，我时时刻刻都能感觉到它。它的体温比我略高，呼吸浅而急，心跳也比我快些。可是，一次一次的呼吸，一下一下的心跳，好像没有丝毫犹豫和不确定，好像打定主意要这样下去直到世界末日。我突然明白了一件事。"

"什么？"

杜鹃女士深吸一口气：

"原来这就是生命，这就是我想找的那种延续感，那种生生不息的感觉，就是一次接一次的呼吸，一下接一下的心跳；就是一次次在清晨醒来，一次次于黄昏睡去；就是每一个春天万物苏醒，然后疯长着进入夏天，秋天结果或凋落，接下来是冬天，就像吸气的接下来是呼气，呼气接下来是吸气，春天再次来临，生命继续奋力延续着。小鸟们筑巢求偶，我的同类则享受男欢女爱，然后狸猫换太子——"

梦许感觉什么东西慢慢提到嗓子眼，听到杜鹃女士说下面这句话时，那东西"嘭"地弹了出去，让她顿时呼吸顺畅：

"我突然觉得，不讨厌他们了。"

和梦许一起在眼前轻松透亮的空气中待了一会儿，杜鹃女士继续道：

"我突然意识到，每个生命都有自己的延续方式，有时是毫无意识继承下来的，有时是自己有意识选择的，不过都没关系。如果我实在不喜欢他们，可以弄把枪来把他们都打死——那也是我自己的选择。但我没有那样做。我只是不想做那样的选择。另一个选择更吸引我。"

"什么？"

杜鹃女士的眼睛眯了起来，梦许觉得她应该是笑了。

"把这只雏鸟养大。"

说着她仿佛想起了什么，起身跳下沙发朝外走，一面连连抱歉：

"不好意思王老师，我得早点走。那孩子太小了，一点不扛饿，每天天一亮就张着一只小小的无底洞对着我。我也不敢离开它太久，谁知道会发生什么！要是我的同类胆敢碰它，我可要和他们狠狠打一架。"

梦许心里五味杂陈，快步跟上去为她开门。

杜鹃女士急急飞出去，消失不见。梦许在通往二楼的台阶上坐下，发起呆来。

这就是传说中的新手妈妈了，一种自我沉睡了的物种。不论做什么都想着孩子，自己的生活便被逐步侵蚀，直至消失。在杜鹃女士身上，这种侵蚀从提前结束咨询开始。

31 神秘少年

神秘少年准时落座。他脸上剑拔弩张的神情已不明显，代之以淡淡的困惑。他看了看她，说：

"王梦许，今天你好像不怎么怕我了，看来最近有进步。"

梦许笑了一下，脱口而出："今天你也不太一样，好像心里松快了不少。"话一出口，又有些心惊肉跳。这是她第一次直接反馈他的情绪，担心他会觉得"造次"，抓住了大做文章。

但少年只是轻轻舒了口气，说：

"松快？在我感觉是空了。"

"空了？"

他把两臂抱在胸前，向后一靠，恢复了一些从前的气场：

"这个结果倒是出乎意料的。"

"嗯？"

"我猜很多为烦恼所苦的人都幻想过，如果能摆脱这些烦恼，就会得到幸福，好像去掉自己不喜欢的，就直接进入了所谓'圆满'。但我发现不是这样。当我不再纠结于要不要恨，甚至不再有恨，也不再有其他什么不愉快时，我感到的不是幸福和满足，而是一种'空'，让人有些不安的'空'，也可以说是迷茫。"

他缓缓望向窗外：

"没料到等着我的，是空虚和迷茫。以前总看不上那些贩夫走卒、市井凡俗，或为蝇头小利你死我活，或愚昧冲动不知反思。现在看来，他们虽然深陷苦海，也自有一种充实。还有我那位老朋友，失去自由五百年，完了立刻被安排一桩苦差事，经历诸多磨难。但最终也算圆满，他的一生，有幸不必经历我这种难受……"

少年突然想起了什么，又转回来，神气活现道：

"对了，你还记得上次我和你说过的那只杜鹃吗？就是非要学筑巢把自己搞得灰头土脸那个。今天来的路上我顺便去看了看她，你知道她在干什么吗？"

"还在筑巢？"梦许佯装困惑。

"不对。你再猜。"

"嗯……用你给的围巾做了个装饰？"

"不对。"他笑说，"她居然啊，不知从哪儿捡了一只雏鸟回来养，笨手笨脚，忙里忙外，更加灰头土脸了。"

"这样啊。真不可思议。"

"是啊，不可思议。明明可以做风流自私的单身贵族，居然领养了孩子，做起了单亲妈妈，这世上还有什么事不能发生呢？"

梦许笑了：

"你指的是，或许自己身上也会发生什么意想不到的事吗？"

少年顿了一下，严肃道：

"这取决于我想不想活在时间里。我和我师父都算见多识广，世上少有什么具体的事超出我们的想象……"

他指着一束经玻璃反射照进来，落在两人之间地板上的阳光，说：

"你看这些翻滚的尘埃。当你坐在你的位置上看时，尽管它们的运动毫无章法，你无法预测下一秒它们会在哪里，但你不会觉得有什么是让你意外的，所谓'阳光底下无新事'——这就是没有活在时间里的视角。如果活在时间里，你就会变成其中一粒。你也可以暂时分出一部分神思来，跳到外面看这一切，觉得'阳光底下无新事'，但你的肉身活在时间里，在它看来，每一刻的状况都大不相同、跌宕起伏、惊心动魄、生死一线，甚至会产生被命运之手无情摆布的幻觉。这就是活在时间里：要经历艰辛磨难，要适应生活是危机重重、不可预知的。"

梦许看着那些尘埃在光里舞动，咀嚼这番道理，似懂非懂。少年似乎决定再讲得简单点：

"活在时间之外是轻松安全的，而且有一种清澈澄明之感，可心灵会成长得很慢。你看我这么多年都觉得自己没有长大。活在时间之内，要经历很多痛苦和危险，可心灵有更多蜕变的机会——当然只是机会而已。这就是'天上一日，人间一年'的真正意思。我，你，每个人，都是可以选择的，虽然很多人还没意识到。我们是可以选择活在时间之内还是之外的。"

梦许深吸了一口气，含住呼不出来。

"当然，我们的肉身会时不时把我们拖进时间之内，它向往那里，而我们并非总能掌控它——这是另一回事了。但大部分时候，我们是有选择的。"

梦许吐出那口气，突然意识到自己一半是活在时间之外的。她似乎刻意这样：坐在咨询师专属的时间之外的位置上，看着红尘中颠来倒去的来访者，尝试为他们提供她的视角。可结果呢？常常是他们提供了自己惊心动魄的视角，让她感到受益匪浅。她也认真感受他们的七情六欲，为他们悲哭欢笑，可那最多只是"想象着"活在他们的时间之内。终究，她始终如一坐在自己的时间之外，换一换位置的想法都没出现过。

换一换位置！让她像这位少年一样，遇到一位强势控制的家长；或者像河马小姐一样，被外貌焦虑所裹挟；或者像蛤蟆先生一样，爱上一位高不可攀的异性；或者像杜鹃女士一样，做一位单亲妈妈；或者像熊猫先生一样，孤独地老去……

听起来都好痛苦，她不愿意。她最多愿意像长臂猿一样隐居起来，做自己喜欢的事——可他不也是活在时间之外吗？

那少年仿佛又看穿了她：

"你不用想那么多，去做选择就好。一定别忘了你是肉体凡胎。肉体凡胎又有点小聪明的人，常常有种错觉，觉得自己只要有了时间之外的视角，就可以一直活在时间之外。其实不是。肉体凡胎在悄无声息地老去，这就是你们终究活在时间之内的明证。肉体凡胎的优势，就是随时可以活在时间之内，但劣势是，这种'随时'不是永恒的。你觉得自己拿了一大把车票，什么时候上车都可以，但这些车迟早有一天会全部开走。像你这样的人，恐怕迟早有一天会为自己没有充分地活在时间之内而后悔。"

梦许似懂非懂，下意识瞟了一眼藏烟斗的那只抽屉。这个房间里，似乎唯有那只烟斗是她自己的"时间之内"。

出神间，少年起身道："好了，我得走了，我答应杜鹃帮她找点可以储存的食物。我们的咨询也该结束了。下周最后一次，到时会把费用给你。"

"好。"梦许若有所失。

河马小姐 32

　　梦许一面为河马小姐拍松地板上的靠垫，一面提醒自己：可别再跟她讨论什么外貌焦虑了，支持她吧，她想减肥，就当她是想考取心理咨询师执业资格，毕竟不是谁都要活成一个文化批评家才能过好这一生。

　　门铃响了。梦许看向座钟：提前了三分钟。

　　"天气热起来了，王大夫。"河马小姐说着，微微欠身，撸起腰腹部的两大坨皮肉，像探戈舞女提起裙边一样，往左一侧身，再往右一侧身，利索地挤了进来，第二道门也如法炮制。

　　梦许坐进自己沙发里。河马小姐仍站在进门的地方，看着地上的靠垫不动。

　　"王大夫，我其实一直想跟你说来着，坐在这里我的背很不舒服。可以趴着吗？我得待五十分钟呢。"

　　"当然。"

　　河马小姐随即弯了腿，趴在地板上，像一头硕大而听话的宠物。梦许耳边又响起周老师的话：

"咨询师和来访者是平等的，这种平等，需要体现在互动的所有细节里。"

"那我也坐到地板上吧。"梦许把沙发上的靠垫拿到地板上坐了下来，这样仍不能平视河马小姐，但总算不再有居高临下的不适了。

河马小姐呵呵一笑，眼睛眯得几乎看不见：

"王大夫，我这周感觉好多了。"

"哦？发生什么了吗？"

"我遇到了一位……嗯……然后就感觉好多了。没有反复哦。"

"一位……河马先生？"

"哈哈，不是。"

"那是？"

"蛤蟆先生。"

梦许有些无奈。在小社区里做咨询师就这点不好：来访者更有可能相互认识，就算咨询之前并不认识，开始后，也会因为每周都去同一个地方而更容易偶遇、相识。

"蛤蟆先生？"她只能假装诧异了。

"对，蛤蟆，一只小癞蛤蟆。"河马小姐侧了侧脑袋，说：

"就前几天，有天吃完晚饭，我想去河里游一会儿。天色已经暗下来，晚霞很美，又凉快，我想也不会被谁看到，就出了门，沿着河岸冷清的地方慢慢游。水面上慢慢漂来很多碎纸屑，我想是哪个混蛋乱扔垃圾，就悄悄朝那边游过去。当时我身体在水下，只有耳朵和眼睛露在外面。喏，就像这样。"

河马小姐仰起脖子，让脑袋高过脊背，又放了下来。

"很快就看到是谁在扔纸屑。原来是只小癞蛤蟆！坐在一块石头上，一面撕照片，一面哼哼唧唧。"

梦许心里一颤。

"我悄悄游过去，他也没发现我。等游到跟前，我哗一下站起来，把这小子吓得往后一跌，掉进水里，狼狈极了，哈哈。"

梦许吸一口气，有些难过。

"我当然假装不是故意的喽，轻描淡写向他道了个歉。意外的是，他还蛮有风度的，主动道歉说自己不该乱扔纸屑。我们就这样聊起来了。"

"哦，你们都聊了些什么呢？"她想起自己知道神秘少年认识了杜鹃女士时，并没有这样不安。可现在，她只祈求上天保佑这两位两栖动物没有聊起各自的咨询师。

"我就问他嘛，在撕什么东西。他起先有点不好意思，后来，也许是因为和陌生人反而容易开口，就全跟我说了。"

"哦，他撕的是什么呢？"

"天鹅的照片。真是个痴情的癞蛤蟆，居然暗恋上了天鹅姑娘！他说他总在周末天气好的时候，穿一身礼服去河湾公园免费给游客拍照，推荐他们以水里的天鹅姑娘为背景，就为了拍完可以向他们要一张照片。回家后他就把照片上的游客都剪了，只留下天鹅那部分。他当时撕的就是这些照片。哦，对了，为什么要撕呢？因为天鹅姑娘要结婚了，居然还请他去做婚礼司仪，哈哈。"

"听起来你觉得挺有趣的。"梦许压抑着些许不悦道。

"当然！这么滑稽的一个小家伙，癞蛤蟆想吃天鹅肉。我简直被他治愈了，哈哈。"

"治愈？"梦许下意识重复了这个词，顿时一身鸡皮疙瘩。

"王大夫你别不高兴哦，心理咨询当然也是有点用的。不过他告诉我的事，突然让我放下了很多。"

"他还说了什么吗？"

"就是单恋天鹅姑娘的事嘛，前前后后，家族诅咒什么的。他是很惨啦，你想嘛，一个男生，出身卑微，长得丑，个子又矮，还浑身疙瘩，我都能想象，他在游人如织的公园里搭讪拍照时，要怎样敏捷闪避才不会被你们人类一脚踩扁。就这么个可怜虫，除了母蛤蟆还有谁会愿意和他谈恋爱呢？"

梦许皱起眉头。河马小姐丝毫没有察觉，继续道：

"然后我就想到了自己。我虽然胖，又胖又壮，但正因为此，不要说别的动物，连你们人类也不敢随便惹我。或许没有谁喜欢我，但不论游到哪儿，周围大大小小的活物都要让我三分的。我的皮肤呢，虽然颜色深一点，但在动物里面也是数一数二的光滑细腻。我要是有一天失恋了，一定在河湾湿地大闹一番，让谁都不得好过。而这只可怜的小蛤蟆，只能悄悄坐在一块小石头上，嘤嘤嗡嗡，撕一撕梦中情人的照片。"

梦许叹了口气。

"你们人类不是总说嘛，幸福来自和他人的比较。我算是体会到了。知道世界上还有蛤蟆先生这样的存在，说实话，我感觉好多了。"

梦许一直在想蛤蟆先生，想得仿佛他已经走进咨询室，跟河马小姐四目相对，都理直气壮觉得是对方弄错了时间。

她试图在中间平衡，字斟句酌道：

"是啊，听起来这样的处境的确蛮可怜的。"

"是说嘛，太惨了，我要是他，一头撞死得了。"

梦许感觉像被刺了一下。可怜的蛤蟆先生。

"那你当时有没有跟他说什么呢？"

"不用担心啦，我还管得住自己的嘴，不会随便惹事的。我又不讨厌他，也不想伤害他，最多就是在心里嘲笑他而已。当然啦，我也说不出什么安慰他的话。再说这么奇怪的一只癞蛤蟆，我要是真的安慰了他，搞不好他会爱上我嘞，那可麻烦了！"

"哦……"梦许觉得咨询越来越困难了，她实在无法靠近河马小姐的内心，体会她在蛤蟆先生的悲剧里找到的自信和快乐。

"不管他。反正我觉得一下子释然了。说来有这个转变，也是要谢谢您的。"

"我？"

"嗯。我其实一直觉得咨询没什么用——在我想要的目标上，的确没什么用。但它在别的方面改变了我。通过前面跟您闹的几次别扭，我觉得我没那么羞怯了，更敢表达自己了，甚至敢开玩笑恶作剧了，所以才会偷偷靠近蛤蟆先生，吓他一跳，和他聊起来，有了这次治愈的经历。换作从前的我，肯定就悄没声游过去而已，什么也不会发生。这真得感谢您，王大夫。"

梦许苦笑。

蛤蟆先生 33

蛤蟆先生也提前三分钟按响了低音门铃。当时梦许正一面回味前一天河马小姐说过的话，一面把小纸巾盒放在沙发扶手上更靠近座位的地方。

"王医生你好！"白 T 恤，牛仔裤，戴一顶球帽，蛤蟆先生今天穿得干净利落，脚步轻快朝里走。

爬上沙发，他留意到扶手上的小纸巾盒，犹豫了一秒钟，走过去把它推远了一些，这才回到沙发正中坐下来。

"前几天发生了一件事，让我想了很多。"

"什么事？"梦许假装什么都不知道。

"我最近一直有些难过，经常独自跑去河边坐着。有天傍晚，一头母河马路过，突然从水里冒出来，吓我一大跳。她看起来有些害羞腼腆，还跟我道了歉。然后我们就聊起来了，她说了她的事，我也说了我的事。"

"哦。听起来你挺感慨的。"

"是啊，也许因为我一直沉浸在爱情中，很少关注外界，就觉得自己是最可怜的。听了河马小姐的故事……哎，我开始觉得自己没那么惨了。"

"哦？"

"王医生，您也是位女性，或许不难理解。男性的爱情是可以通过努力得到的，尽管努力并不总是有用，比如我这次。但很多时候努力是有用的。比如你们人类，一个男孩如果出身普通，其貌不扬，并不意味着得不到幸福。他可以努力学习，拥有一技之长；或去外面的世界冒险，获得奖赏；或学习待人接物，变得有绅士风度；或发展自己的爱好和幽默感，成为一个有趣的人……这些只要做到一点，或者即便都做不到，但有一颗善良勇敢的心，有责任有担当，就能去追求自己喜欢的姑娘，搞不好还能成功。"

"是啊。"

"但是女性呢？社会并不鼓励她们在爱情中采取主动。女性只能像花朵一样，要么靠优雅美丽的外表，要么靠芬芳怡人的气味，吸引男性来到身边，从他们当中挑挑拣拣。而且还有时间压力，就像花儿会凋谢一样，她们必须在自己失去魅力之前做出决定。"

"很多时候是这样的。"

"所以那些毫无魅力的女性怎么办呢？一朵既不好看也没有香气的花，蜜蜂蝴蝶都不会过来。它自开自放，自顾凋零，谁也不知道它存在过。它消失了，它的基因也会一起从地球上消失。"

梦许屏住呼吸。

"就比如这位河马小姐——我很抱歉不得不这样谈论一位年轻

姑娘，也许会让您不舒服，但我只是想把我的观点说明白，好在她也不会听到。"

梦许下意识瞟了一眼门框上包的海绵垫。她总觉得每位来访者都在这个房间里留下了一些自己的"信息"，它们悬浮在这个空间里，某一刻，也许就会随着呼吸进入另一位来访者的身体。她开始有点紧张，仿佛那层海绵垫正在凝神倾听，等下次河马小姐的臀部和它摩擦时就趁机告诉她。

"这位河马小姐，那么肥，那么壮，动作那么粗鲁。也许她的性格腼腆有礼貌，但给我留下最深印象的，还是那张血盆大口和里面厚厚的舌头，天哪，简直像个烧热了的大饼铛，足够把王八家七兄弟一口气全卷进去压成肉饼。哎，这样一位姑娘……那个晚上，我为什么能坐在她身边坚持听她讲完那些烦恼呢？减肥、反弹、不敢出门、怕别人不喜欢她……我能耐着性子听完，也许是因为天色完全暗下来了，我根本看不见她吧。"

蛤蟆先生吸了一下鼻子：

"她的忧伤是可以理解的。谁会喜欢她呢？除了去做整容手术，她的生活还有什么指望呢？"

梦许一时五味杂陈，不知说什么好。蛤蟆先生继续道：

"她比我惨太多了。我并不想把自己的幸福建立在别人的痛苦上，但我还是得摸着良心说。"蛤蟆先生微微垂下脑袋，仿佛做错了事：

"她让我对自己感觉好多了。"

"嗯。"梦许觉得，蛤蟆先生这种略带歉疚的优越感，比起河马小姐那种肆无忌惮的优越感，是要更容易令人接受些。

蛤蟆先生又说：

"也是因为这件事，我觉得或许我和天鹅姑娘真的不合适。谈恋爱时，分享完各自的经历和见闻，接下来岂不是要分享彼此的感受了？我们怎么分享各自的感受呢？我们的差距已经拉开了。小时候她是一只灰不溜秋的小水鸟，我是一只浑身疙瘩的小蛤蟆，现在我还是一只浑身疙瘩的蛤蟆，她却已经女大十八变，到处享受众星捧月的待遇了。谈恋爱时那种游刃有余尽在掌控的感觉，我是体会不到的，而她，更不可能理解我这卑微的暗恋者的心情。跟河马小姐并排坐着讲各自的故事时，我能感受到，虽然根本不想看她，但我们之间有一种同病相怜的共鸣。但我不知道，和天鹅姑娘怎样才能产生共鸣。"

蛤蟆先生停了一会儿，说：

"我有点意识到，对爱情而言，喜欢和迷恋是不够的，还得有点儿共鸣吧，多少得有点儿。"

梦许点头道："是啊，共鸣是所有美好关系的共通之处，不论亲情友情还是爱情。"

如果没有共鸣，关系就变成了角色扮演，哪怕表面相亲相爱，也可能只是相互的单相思。梦许回忆起蛤蟆先生的咨询过程。她为了让他感受到被接纳，装门铃、移花架、做纸巾盒。蛤蟆先生呢，为了让梦许感到作为专家被尊重，叫她"王医生"，称她"您"，一身礼服来见她。而事实证明，这些都不重要。他也许并不需要她这么照顾他，正如她并不介意来访者穿着随意来见她，并直呼姓名。最终，在此时此刻，他们达成了对爱情的深刻、一致的看法，有了这种共鸣，对咨访关系而言就足够了。

结束了和蛤蟆先生的咨询，梦许觉得有些憋闷，出门散步。没走多远，她的神思就飞到长臂猿的木屋，有些故意地嗔怨道：

"你看，我的两个来访者相互治愈了对方，因为他们都暗暗觉得对方比自己更惨。我呢？我存在的意义是什么？一次次耐心地倾听、共情、澄清、镜映、分析、承受攻击、等待时机、自我暴露……这一切的治疗效果加起来，居然还不如他们相互比惨！"

她心中的长臂猿沉思了一会儿，说："这就是心灵。在心理治疗出现之前，心灵已经存在了至少数千万年，心灵遭遇过的困难和挫折，远远超出我们脑子里只进化了数千年的新皮质层的想象，所以如果看到心灵使用出乎意料的方式进行自我治疗，也不必惊讶。"

想象中的自己会继续撒气道："那他们为什么付我钱呢？都不用来做咨询，我介绍他俩聊一聊就好了。"

想象中的长臂猿的回答让梦许有些惊讶：

"不用有这种事后诸葛的想法。我们这一行就像是古代的航海业，除了基本技能和经验积累，大体还是靠天吃饭。潜意识就像大海深不见底，而意识就像海上的天气变幻莫测。好在我们没有生命危险，只要一次次出航，终有所获。"

梦许心里一笑：再这样下去我能把督导费也省了。

走出河湾公园，过了马路，一棵大树底下正好有个报刊亭。梦许走过时，突然瞄到一张熊猫的照片，心里一惊，拔足上前。

熊猫先生的照片登在《河湾周报》头版，标题是：

"长寿明星熊猫爬树时不幸坠亡。"

梦许脑子一片空白，心脏突突直跳，手哆哆嗦嗦伸进裤兜里摸出零钱，买了一份，抓在手里一路狂跑回去。

费了好大劲才把钥匙捅进锁眼里。冲进咨询室，她记得当时把信封随手塞进了书架的某个地方。那些让她头疼的纸张、文件，总是被她随手塞进去，等到想起来要用时才抓狂地寻找。屡教不改，正因为本来就不想找到它们。正如熊猫先生离去的那一晚，当她从茶几上拿起那只信封时，仿佛已经下意识打定主意，不想要不得不打开它的那一天。

找到了！会是什么呢？几张大额钞票？一封感谢信？一张藏宝图？几句发自肺腑的告诫或鼓励？或是一个——秘密？

她没那么好奇。一路跑回来找这只信封，没有一点悲伤难过的感觉，似乎报上的新闻只是告诉她"熊猫先生快要死了"，而只有等她拆开信封的那一刻，熊猫先生才真的"死了"。

对面的沙发空空如也，扶手上，是熊猫先生的手指一根根抚摩过的地方。熊猫有六根手指，这个少年时代不知从哪里听到的冷知识，在她记忆的阁楼里吃灰，直到那天晚上亲眼看见时突然活了过来，从此仿佛一只乌鸦，在她脑海的背景中盘旋不去。

终于，她撕开信封，拉出一张纸，展开：

免责声明：

　　我在河湾心理咨询室的王梦许咨询师处进行了一段时间的心理咨询，获得了一些帮助，内心十分感激。但我年事过高，自知不久于世。这是自然现象，再好的药和心理咨询都无法阻挡生命的进程。在此声明，如果我不幸离世，与任何医生、咨询师都没有关系。

我这一生不曾伤害过任何生命，甚至不曾拍死过一只蚊子。我不希望自己正常的生命进程给哪位无辜者带来不必要的麻烦。

　　　　　　　　　　　　河湾濒危动物园熊猫先生。

署名处还加了一个胖胖的六根手指的掌印。

长臂猿 34

周一，梦许在长臂猿的木屋外看表。时间已经过了，但她又足足愣了两分钟，才用力按下门铃。

进屋坐下，从包里掏出皱巴巴的《河湾周报》，夹着一只打开的信封，拍在茶几上，一言不发。

"这是……"长臂猿轻声道。

"你自己看。"

长臂猿拿过报纸：

"爬树时不幸坠落……抢救无效……熊猫先生平时还爬树？"

半晌，梦许冷冷吐出几个字："从没听他说过。"

"就算他想爬，动物园的人不拦着？"

"是啊，不拦着说不过去，葆庆春的股价都跌停了。"

信封掉出来，长臂猿拾起，抽出信纸扫了一遍，转过来看着梦许。梦许故意不看他，眼睛有些湿润。许久，他正色道：

"就算他是故意的，那也是他的选择，他只是做了自己想做的。"

"你可真会安慰人。"

"想哭就哭吧，督导虽然不是咨询，但也可以哭的。"

"去给我榨杯果汁来。"

长臂猿一跃而起，抓住天花板上的木杠荡出咨询室，进了厨房，跃到窗台上，收起四肢坐下。窗外有一棵树，透过阳光下闪亮的树叶，他能看到一片长着荒草的坡地，一条小路蜿蜒其中，直通木屋正门。每周一上午，他总是提前坐在这里看风景。梦许的脚步或轻盈或沉重，轻盈时像来踏春的少女，沉重时像来上坟的寡妇。初春时她会拉起风衣帽子，下雨时她会撑一把透明伞。那么到了夏天她会戴草帽吗？还是任由自己在大太阳下暴晒？

如果她中途不停，那么从他可以看见她，到她按响他的门铃，大约是三分半钟——这时间够他榨一杯果汁了。一边榨一边还能从窗口瞭到她，雨天看她怎样逐个跳过路上积水的小坑，晴天看她怎样被蝴蝶或鸟鸣吸引而东张西望。

如果她按时出现在小路那头，或者提前一两分钟，他就放下心来，知道这周还算顺利。如果她提前五分钟以上，他就知道这周的难题够她喝一壶的。提前的时间越久难题越棘手，但只要是提前，就说明还在她的承受范围内。

如果像今天这样，来的时候已经晚了几分钟，到门口又磨蹭了两分钟才按门铃，则说明有些事已让她难以承受。这时他会下意识地开始深呼吸，仿佛已经在帮她分担那份沉重感。

可不论她什么时候到，都一定不会提前按响门铃。每次看到她静静伫立在门口，他都会有些伤感。他希望她提前来按门铃，哪怕提前一分钟，都意味着她愿意依赖他了——在督导的设置之

第六周

外，在个体和个体关系的意义上。他愿意被她依赖，作为一个动物长者，被一个人类后辈依赖——似乎别有一种意义。熊猫先生最终用那样一封信来照顾她，或许也是感到了这种意义。

可她不，不论他怎么说，她都不会提前按下门铃。她能接受的，最多只有一杯果汁。饮料似乎并不意味着什么，在咨询室里，饮料就像空调或纸巾一样，是空间附带的赠品。但一杯他榨的果汁，多少有些不同。不是谁都会为谁免费榨一杯新鲜果汁的。

他起身从架子上取下一只竹筐，摸出一只橙子和一只猕猴桃，削皮，切丁，放进榨汁机，按下开关，借着后坐力微微后仰，朝咨询室里瞟了一眼。

梦许双眼红肿，已经在擤鼻涕。长臂猿有些慌张地把果汁倒出来，仿佛小心翼翼还是看到了不该看的。他知道梦许觉得在他面前哭又是超出督导关系的情感依赖。她最终还是哭了，所以他才要在这里磨磨蹭蹭榨果汁，仿佛在配合一个孩子玩游戏：

"你藏在哪儿呢？我怎么找不到你呢？"

——其实他一早看到了对方露在窗帘外面的小脚丫。但他是快乐的、满足的，身为父母的快乐和满足。

长臂猿终于端着果汁走进来，递给梦许。她接过来一饮而尽，抹了抹嘴，轻声说：

"这么慢，你是不是也老了？"

长臂猿微笑道："是啊，我也老了。"停了停，又说："能活过你们人类的动物，不多。"

梦许心里一震，瞪他一眼说：

"真残忍！"

长臂猿笑了："如果考虑平均数，你可能会是走到最后的那一个。"

梦许想到她的几位来访者，又看了长臂猿一眼："乌鸦嘴。"

长臂猿说：

"你知道吗？很多人进入长期稳定的关系后，都会开始考虑一个问题：我和他，谁会先离开这个世界？不爱对方的人，自然希望对方先走，自己恢复自由，独享财产。爱对方的人，会希望自己先走，因为完全不能接受活在一个没有对方的世界里。但深爱对方的人，又会希望对方先走，因为不想让对方承受独自活着的痛苦。"

"你绕来绕去想说什么呢？"

长臂猿看着她：

"梦许，你是个很好的人，和你有关系的人，如果能走在你前面，是一种幸运。"

梦许皱了皱眉：

"你到底想说什么？"

"唔。我是想说，如果我是熊猫先生，我会觉得，生命的最后一程有你陪伴，是件幸运的事。"

杜鹃女士 35

　　门铃准时响起。开门。杜鹃女士今天整洁了不少，羽毛明显刚刚梳理过。

　　"王老师。"她有些不好意思地朝梦许点了点头，才往屋里走。

　　来到沙发前，她突然发现自己脚爪上还有些尘土，忙在地上蹭了蹭。又觉得不对，抬头看看，扇着翅膀跳上茶几，衔出一张纸巾落回地面，先擦了脚爪，又擦了地板，最后把纸团成一团扔进垃圾桶，这才跳上沙发落座。

　　"王老师。我今天是来结束咨询的。"

　　"嗯。"梦许并不意外。爱和工作的能力，杜鹃女士现在似乎都有了——总还有一些咨询是正常进行的。

　　"单亲妈妈，您大概能想象，实在是……"她忍不住打了个哈欠，"想到今天是最后一次见您，我提前出门，找了个小水洼梳洗一下，才发现自己……真是抱歉，前几次来这里一定都很狼狈吧？"

　　"没关系。照顾孩子的确很辛苦，顾不上是正常的。"

"这几天睡眠总算好一些，习惯了身边有个小家伙，忙了一整天累得不行，天一黑就挨着它睡着了。有时还是会想很多事，会焦虑，不过都是孩子的事：什么食物有营养，要去哪里找，怎么判断它的发育情况，下午热的时候怎么透气，夜里降温了怎么保暖……我还抽空拜访了附近的很多鸟妈妈，向她们取经。我到现在还没弄清它是什么鸟，有时很担心到底能不能把它健康养大，将来可以自食其力。你们人类的妈妈也会有这些担忧吗？"

梦许笑了："我们人类的妈妈要是只有这些担忧就好了。"

杜鹃女士眯了眯眼睛：

"现在我多少能想象最早一批决定不筑巢的杜鹃是什么心态了。养育后代的确需要巨大的付出和牺牲。也许你们人类会期待孩子给自己带来一些回报，但对大多数鸟类，孩子翅膀长硬飞出巢穴的那一刻起，就和父母形同陌路了。当我的祖先选择在别的鸟巢里下蛋时，她们多半以为这是一条生活的捷径，觉得自己解放了，不用再为孩子受苦受累。"

她停下来，环视了一圈咨询室，又说：

"我自己筑了巢以后，每次从别的地方飞回来，看见这片树林就忍不住想：这片林子里有一个我筑的巢呢！如果有一天我老了，在秋天太阳西沉的时候，看到一大群归巢的鸟儿飞过布满天际的云霞，或许也会忍不住想：其中有一只鸟是我养大的呢。"

梦许脑海里突然涌进许多画面：早高峰地铁站入口汹汹的人群，公务员考试报名时连夜排起的长队，新手机发售时挤进店铺的人流；晚上九点市中心商务楼里通明的灯火，每只日光灯下面至少有三五个年轻人还在加班……她试着想象自己也说出类似杜鹃女士的那句话"其中有一个人是我养大的呢"，浑身立即出现一种莫名的不适。

她又试着去想另一句话：

"其中有一个人是我的来访者呢，正是因为我的工作，他才能过上这种看似再普通不过的生活。"

她心里一笑：这样就好接受多了。

杜鹃女士自顾自继续道：

"也许大家只是选择了不同的生活方式。当然，想到那些被推出巢穴的雏鸟，我还是很难过。这几天我有了一个想法：等现在这个孩子长大，我应该已经积累了一些经验，下次或许可以收养两到三只，慢慢地，如果有能力，也许可以开一家小小的孤儿院，专门照顾遗落的雏鸟。要做到那一步当然还有很长的路要走，但这个想法让我觉得我的一生都会很充实，好多事情等着我去做。所以我想，我应该暂时不需要心理咨询了。"

梦许仿佛看到了曾经的自己。

"真好，希望你能实现这个愿望。"

杜鹃女士眯了眯眼睛，起身轻轻抖了抖羽毛，说：

"那么，王老师，我该走了，小宝贝的饭点又要到了。"

她跳下沙发，踱到门口，梦许帮她开了门，她跨出去，转身道：

"谢谢您的咨询，王老师。也谢谢您装的这只门铃，为我这样个子矮小的来访者。"

36 神秘少年

神秘少年来了，两人落座。梦许感到自己一直微微皱着眉头，有意深呼吸放松下来。

少年先开口道：

"今天来之前我想了很多，觉得这段缘分很有意思。"

"有意思？"

"这么多年了，一切都在变化。人世在变，我也在变，只可惜关于我的传奇，一直没怎么变。最早，传奇还像我身上的一层皮肤，简明熨帖。后来它像蝉蜕，脱离了我而自成一个物件。这些年过去，蝉蜕还是蝉蜕的样子，干瘪易碎，放在博物馆里落灰。我呢，已经又蜕了好几身皮，成了完全不同的形状。要说最初那层皮对我有什么意义，不过是让大家更难想象我后来的样子。"

梦许有些困惑。少年又说：

"我在你这儿学到的一件事，就是人很难影响别人对自己的看法，不如趁早认清现实，随别人的便，这样反而自在了。"

梦许更困惑了，努力回想他们什么时候有过关于这个主题的讨论。

"有些事情，太早作为一个结论放在心里，就没法去生活了。好像听故事，太早知道了结尾。但如果真有耐心听到结尾，又会发现结论就是这样，太对了，没有别的可能。"

"嗯……你指的是……什么结论？"

"这个结论就是：最终，其他所有人都不重要。最终，人既不需要亲人，也不需要朋友，咨询师，当然更不需要了——抱歉我这样直说。那时候咨询师也许还需要来访者，但不过是为了钱，就像任何一个做小生意的人需要顾客一样。最终，人只面临一个问题：你到这世上来干吗。"

"嗯……"

"没有那么抽象，就是个具体而微的问题：此时此刻，你为什么出现在此地？你有何贵干？"他嘴角微微笑了一下：

"普通人会觉得这个问题表示不欢迎，要赶他们走。他们只能这么想，因为太害怕被拒绝，害怕被推到一边。不过我想，你应该能听懂。"

只一个呼吸的时间，他便起身道：

"好了，我走了，我要说的已经说完。"

随即从衣兜里掏出一小块硬物，嗒一声搁在茶几上：

"之前说过，费用结束了一起给你。"

梦许看到那块闪着柔光的黄色金属，抓起来追到门口：

"那个……现金可以吗？如果有的话。"

少年哈哈大笑：

"这可不就是现成的金子！你们凡人印的破纸头，到现在换了不知多少次，全成了废纸。你不知道吗？"

少年转身离去。梦许突然想起什么，追出去喊道：

"等会儿！"

"什么事？"少年停在院门口。

"嗯……我知道我接下来说的话，严格来说不符合咨询师的职业伦理，但我还是很想问你……"

"问什么？"

梦许鼓起勇气道：

"人——熊猫——不，生命……死后，到底会去哪里呢？"

少年看她一眼，嘴角抽了一下：

"别急，以后你会知道的。"

少年似要离去，梦许仍不甘心：

"什么时候呢？"

少年的目光扫过生锈的铁栅栏，门口的梯形花架，上面那盆埋了他的信的灰烬的常春藤——这会儿已经抽出好多新枝，翠色欲滴——越过梦许的脑袋，投向碧澄澄的天空：

"等你觉得，这么一天天活下去真好，才不要去想死后的事情——的时候。"

河马小姐 37

　　河马小姐提前两分钟按响门铃。开门，只见她微微侧身，轻巧地挤进来，有些得意地看了梦许一眼，又轻巧地挤进第二道门，在沙发前弯腿趴下来。

　　梦许也往地上一坐，忍不住想说"你瘦了"，却不知道该用恭喜的语调还是担忧的语调。

　　河马小姐悠悠开口了：

　　"王大夫，我最近瘦了。"

　　"嗯。"

　　"是真的瘦，我是说，自然地瘦。最近我很少想到我的体重，想吃吃，想睡睡，偶尔出去活动活动。今天出门前我心血来潮称了一下，发现瘦了好多。"

　　"嗯，听上去你心情也很不错。"

　　河马小姐笑了：

　　"是啊，刚开始那么努力都没能做到的事，索性完全放弃，破罐破摔，却发现得来全不费工夫。"

"嗯。那你觉得这种变化是怎么发生的呢？"周老师说过，成长常常进三步退两步，所以取得进步时要和来访者一起思考进步的原因，今后如果出现反复，就有一些现成的经验可用。

"我想可能是因为我没那么害怕变胖了吧。当你不害怕一件事时，它似乎就会从生活中渐渐淡出。"

"那你觉得是为什么不再害怕变胖了呢？"

"哦，"河马小姐吃笑起来，"蛤蟆先生当然功不可没。这就像你原本考全班倒数第一，突然转来一个新生，学习比你还差，霸占了倒数第一，你当然就轻松多了。不过另一方面，我觉得我的胆子确实比以前肥了，好多事情都没那么害怕了。"

"是啊，我也能看到你害怕的事变少了。你不再害怕发生冲突了，比如对我可以直接说出对咨询的不满，对小王八们也可以表达愤怒了。"

河马小姐有些困惑：

"是没错啦，可是王大夫，这和减肥有什么关系呢？"

梦许一阵轻松：可以直接用教科书中学到的东西回应来访者，可真是机会难得。

"很多人肥胖是因为忍不住吃东西，吃得超过身体所需。为什么要吃那么多呢？常常是为了舒缓情绪。吃东西是最原始的舒缓情绪的方式，在我们还是小婴儿时，有时哭闹起来，妈妈根本不知道我们怎么了，只能给我们喂奶，或用其他吃的来安抚我们。长大后，如果能顺畅、自然、充分地表达自己的情绪，就不需要再通过吃东西来舒缓。但如果没法表达自己的情绪，甚至不知道自己的情绪是什么，同时又没有其他的宣泄渠道，就有可能吃太多。"

"哼……怪不得我以前不开心时总想找东西吃……"河马小姐若有所悟，突然间又不高兴起来：

"可是王大夫，你既然早知道这个道理，为什么不在咨询一开始就告诉我呢？那样我不早就能瘦下来了？"

梦许暗自苦笑，想不出该如何解释，但河马小姐似乎也没有期待她解释：

"唉，算了。其实也无所谓啦，反正现在没费什么力气就瘦了，我觉得挺好的。"

梦许松了口气。

"咨询能达到这样的结果，我也算是满意了。王大夫，今天正好要告诉您，我决定结束咨询了。"

"哦，你要结束咨询了？"每次担心她不会再来，都判断错了，这次总算有了咨询走上正轨的感觉，她却决定不来了。

"是的。爸妈决定带我一起搬到上游去。"

"为什么呢？"

"为了我嘛。他们觉得我应该谈恋爱结婚了，但河湾一带同类比较少，不好找对象。上游河马就比较多，很多亲戚都住那边。他们还说，等我见到更多河马，就不会为自己的身材烦恼了，比我胖的河马多了去了。我呢，虽然最近已经不像之前那么烦恼，但是换个环境，也许顺便换一种生活，我觉得挺好的，说不定会发生什么有趣的事。"

"听起来你很期待。"

河马小姐耸了耸两座厚厚的肩膀：

"我还年轻嘛。"

"年轻真好。"梦许有些怅然地发现，原来自己对生活已经没有什么期待。如果换个环境，对她而言不过是换一批来访者，听到一些新的故事，和长臂猿聊一些新的话题，而已。

"不过王大夫，"河马小姐突然有些不好意思，"想到要走，我还是挺舍不得——您的。"

"哦？"

"在这世上，还有什么地方可以让我畅所欲言呢？就连蛤蟆先生那样卑微而好脾气的男士，我也没法在他面前直言我对他的看法。您这里对我而言，还是有很不一样的意义。"

梦许有些触动。如果不是因为咨询，这样的女孩永远不会出现在她的世界里。如果在真实世界中相遇，她们身上的气场一定会相互排斥，各自的关注点和兴趣也风马牛不相及。幸亏结识了她，梦许才看清自己错过了什么。

蛤蟆先生

　　蛤蟆先生迟到了六分钟。梦许开门，引他进咨询室，边走边听他说：

　　"抱歉王医生，今天来晚了。我想来想去，还是答应了去做天鹅姑娘婚礼的司仪。婚礼就在河湾湿地举行，有好多事情需要沟通，和灯光、乐队、伴舞他们……"

　　"不要紧。"梦许坐进自己的沙发里。蛤蟆先生矫健地跳上来访者的沙发，随地一坐。他今天穿一条迷彩裤，上身一件白 T 恤，梦许眯了眯眼，看到上面烫印着"我很丑"三个字。

　　"还有新郎新娘。本来我想早点过来，但需要我的地方实在太多。大家乱成一锅粥，就需要一个大嗓门来发号施令。而且，他们对光线和布景的判断力实在让我无语。也难怪，天鹅姑娘虽有很多仰慕者，但肯定没有谁像我一样偷偷给她拍过那么多照片。没有谁比我更了解她在什么光线什么背景下摆什么样的姿势最优雅迷人，连她的未婚夫也不懂。那个傻小子，只会拉着天鹅姑娘面对面弯着脖子比一个爱心，然后盯着水里的倒影洋洋得意——这样的审美，真是，土得掉渣！哎，当然啦，我也不是一只要求很高的癞蛤蟆，也许身为癞蛤蟆本就不该要求很高。可是这一刻，我当然希望自己喜欢的姑娘嫁给一个靠谱的小伙子。"

梦许笑道："是啊，可以理解。"

"虽然一开始挺不情愿，但随着筹备的进展，我越来越投入了。毕竟这对我来说也是件大事，我终于可以通过主持她的婚礼，来结束这段痛苦的单相思了。"

"嗯，这样真好。"

"我对天鹅姑娘的感觉也发生了一些变化。现在看来，她就是个可爱的小妹妹，血统高贵，生活优渥，优雅动人没错，但她最关心的也是自己的优雅动人。做花捧的花一定要当天一早现摘，现场周围的杂草一定要清理干净免得弄乱她的羽毛，仪式的高潮部分一定要是落日刚刚触及水面的时候……哎，她一定不能理解从不被游客正眼相看是什么感受，也一定不能想象夏天在泥水坑里洗澡多么快乐。一只癞蛤蟆和她生活在一起，大概会很孤独吧。"

梦许眨了眨眼睛。

"现在我不得不承认，她不是我想找的、愿意与之共度一生的女性。而且本质上而言，这一判断和外表没什么关系。对我来说，这次单恋就像小时候的一场发烧，烧退了，浑身轻快，好像自己也长大了。"

梦许感到一丝暖流在心里淌过。

"那真好。"

"不过王医生，"蛤蟆先生话锋一转，"您可千万别以为我接下来会服从父母的安排，去和母蛤蟆相亲结婚。我只是失恋了，但并没有失去追求。说实话，即便在现在的我看来，母蛤蟆仍然丑不堪言，每一只都是。也许有些肤浅，但我还是在意外表的。也许不切实际，但我希望能找到外在迷人且内在有趣的对象。这样的梦想，并不算是——癞蛤蟆想吃天鹅肉，对吧？"

梦许有些哭笑不得：

"嗯……是啊，这样的对象也是有可能找到的。"

"王医生，您刚才的眉毛提了一下。希望您说这话时是真心支持我的。"

梦许倒抽一口气，还没想好怎样应对，蛤蟆先生又说：

"如果您不支持我也没关系，我已经没那么在乎了。这段经历让我学到的另一件事就是：其实被全世界笑话也没那么可怕。"

梦许微笑道：

"真高兴看到你现在那么有勇气。"

"活在这世上，总得依靠点什么。也许天鹅姑娘依靠的是她的外表，你们心理咨询师依靠的是说些没用的漂亮话，而我呢，只有这点勇气可以依靠了。"

他想了想又说：

"也许有一天，如果我有儿子的话——不管他还是不是一只纯种的癞蛤蟆——其实女儿也一样——如果他们也因为喜欢上天鹅而痛苦，我会对他们说：去爱吧，孩子，会过去的。"

梦许欲言又止，蛤蟆先生却起身道：

"王医生，我们的咨询也得结束了。我有好多事情要忙。等婚礼结束，我想去别的地方转转，说不定能找到心仪的对象。"

"啊，祝你一切顺利！"这个告别来得太突然，梦许只好下意识地说。

蛤蟆先生眨了眨眼，笑道："请不要祝来访者一切顺利，生活从来就没有一切顺利。"

他轻快地大步朝外走："不过谢谢你，王医生！"

此时，梦许才看到他的 T 恤背后还有几个字：

"可是我很温柔。"

39 长臂猿

长臂猿的木屋外，梦许早到了二十分钟。她往门外台阶上一坐，拿出烟丝和烟斗，点着，悠悠抽起来。抽完，时间正好，起身按门铃。

门铃一响门就开了。

"我说谁在这里抽烟……"

梦许不理他，自顾进屋。

"抽烟对身体不好，你应该多吃水果。"长臂猿落座后说。

"喂，督导，你手伸得太长了吧。"

长臂猿噘起下嘴唇，摊了摊一双大长手：

"好吧，今天想从哪里开始呢？"

"我想结束了，今天是最后一次。"

"哦，发生什么事了吗？"

"没办法，我的来访者们一下子全结束了，像背地里商量好的一样。"

"哦，脱落？"

"也不算。"

"那他们都'好'了吗？"他用手在空气中抠出一对夸张的双引号。

梦许往后一靠：

"怎么说呢。那只杜鹃终于想通了，收养了一只遗落的雏鸟，还打算以后开孤儿院，看起来可充实了。不过从生物学的角度看，她现在真成了一只'变态'的杜鹃。至于河马小姐和蛤蟆先生，他俩在咨询外偶遇对方，聊了几句就分头来跟我说被对方'治愈'了，"梦许也用双手在空气中比画出一对引号，"为什么呢？因为都觉得对方比自己更惨。"

长臂猿笑了。

"然后么，河马小姐开开心心准备和父母搬到上游去，据说那里有很多河马，谁也不会嫌她胖。蛤蟆先生呢，居然答应了天鹅姑娘的邀请，去给她主持婚礼。这勇气我是佩服的，差点要起立为他鼓掌了。可话头一转，还是那么轴，想着婚礼结束了去别处转转，找一位内外兼修、漂亮又有趣的女性。"

"啊，谁年轻时不是这样呢？"

"可是这样的完美对象根本不存在吧？"

长臂猿盯着她看了一会儿，眨了眨眼睛："如果存在呢？"

"唔，你想说什么就直说吧。"

"你知道吗？最难接受的现实，不是完美的东西并不存在，而是完美的东西就在那里，但偏偏不属于你，永远不会属于你。"

梦许有点不自在：

"就事论事好不好，什么你你你的，跟我有什么关系！"

长臂猿无奈地笑笑，自觉有些失言。这也许是他们俩的最后一面也说不定。如果是朋友，只要都还在这世上，随时想起来都可以联系对方。但正因为是一种"无事不登三宝殿"的职业关系，出于职业尊严，谁都不会先开口说："好久没见，出来喝一杯吧。"他们能否再见，只取决于一群和他们毫不相干的人——那些来访者，他们是否让她为难到不得不来找他了。

　　他沉默许久，还是转移了话题：

　　"对了，还有一位呢？好像是一位神秘的少年对吧？如果我没记错的话，你好像只提过他一次。"

　　"哦，是吗？"

　　"你可为他的神秘添砖加瓦了。"

　　"是啊，和他的咨询发生了很多不可思议的事。他是一个会自己工作的人。我不记得我为他做过什么，倒是他，为我做过一些事。"

　　"哦，他是什么问题呢？"

　　"原生家庭，和父母的恩怨。不过这不重要，就像他自己说的，最终，这并不重要。"

　　"那他也结束了？问题解决了吗？"

　　梦许想了想说：

　　"我想是解决了。他自己解决的。不过，哎，我能想象，有的咨询师也许会把他最后的状态判断为分裂样人格吧。"

　　"听起来他很不寻常。"

　　"很不寻常。他让我看到了遥远的过去，又仿佛看到了遥远的未来。遥远的过去里——很遗憾那时没有心理咨询，否则很多悲剧都可以避免。但在遥远的未来，心理咨询好像也并没有存在的必要。"

"嗯，心理咨询是历史的产物，正如你和我，如同我们这段关系。"

长臂猿看着梦许，梦许回看他，他又收回自己的目光。

"不过这段关系现在是要结束了？"

"结束了。"梦许说，"当然有可能重新开始，如果我又碰到应付不了的来访者。"

"可是你不来，我就没有受督了啊，毕竟督导的身份，还是很让我高兴的。"

"那我也不能为了让你高兴就跑这么远来给你送钱啊。"

长臂猿故作正经道：

"梦许，你有没有可能是在见诸行动呢？平行动力下的见诸行动。来访者都走了，抛弃了你，让你产生了空巢期不适，然后你就要结束和我的督导关系，抛弃我，让我也体验一下空巢期？"

梦许不服：

"那有没有可能是你在见诸行动呢？我要结束督导让你产生了分离焦虑，所以绕着弯子挽留我？"

"你是说我很依恋你，根本就不希望你结束对吧？"

"你刚才不就是这个意思吗？说什么我不来，你就没有了受督……"

"我那是开玩笑的语气，你怎么就当真了？难道不是你有分离焦虑，投射到我身上吗？所以才误会了我的玩笑？"

"笑话。结束督导就是我提出来的，我要是真有分离焦虑怎么会提呢？"

长臂猿指指茶几上的小座钟：

"你看，现在时间已经过了一分钟，你还在说话，没有停下的意思，分离焦虑可不就是你吗？"

"我为什么还要说？不就是因为被你误会了吗？我继续解释是为了澄清误会，而不是因为分离焦虑！"

长臂猿不说话，气鼓鼓地看她。

梦许突然起身道：

"你说我有分离焦虑，那我现在就走，反正时间已经到了，我让你看看我到底有没有分离焦虑！"说着便朝外走。

"喂！你这种防御方式也太低级了吧？"

"随你怎么想！"砰一声，门在梦许身后关上了。

几秒钟后，长臂猿弹跳起来，抓着天花板上的木杠飞速荡到门口，一把拉开门。

下山的小路上空无一人。左右的山坡上，也空无一人。

梦许突然不知从哪儿蹦了出来，吓他一跳：

"怎么样？有分离焦虑的是你吧？"

"我只是想提醒你，别忘了给我转督导费，包括今天的。"

"好，回去就转。"

梦许朝他摆摆手，转身一颠一颠走下山。

长臂猿看着她的背影，苦笑着摇摇头：这么好的一个人，这么难得的一段关系，结束时为什么不能像古人长亭送别那样，坦坦荡荡难过，大大方方表达？为什么不能是他陪她下山，一路上说几句和心理咨询没关系的话，最后目送她乘坐的巴士远去？非要搞得像小孩子斗气——除了分离焦虑还能是什么？可自己也是冲动，居然被她牵着鼻子走，遂了她的愿！

那边，梦许咬着嘴唇只顾往前走。她总觉得长臂猿是一直站在门廊上目送她的，就像每次按下门铃时他开门的速度总是那么快，也许他一直提前躲在门后等她按门铃。可她不能回头。如果他还站在那儿，就暴露了自己。而如果他不在，她要怎么接受这个画面？这么大的世界，竟然没有人目送她，没有人企盼她，没有人在看天气预报时除了看自己在的地方，也顺便扫一眼她在的地方！

"最难接受的现实，不是完美的东西并不存在，而是完美的东西就在那里，但偏偏不属于你，永远不会属于你。"

她径直下了山，没有回头。

尾 声

傍晚时分，初夏的暑气散了些。河湾湿地深处搭起一座临时舞台，四周张灯结彩，啄木鸟鼓手、河狸吉他手、鳄鱼贝斯手和牛蛙主唱在后台调音，台下聚集起越来越多的动物。

蛤蟆先生一身笔挺的礼服，戴着礼帽，持一根手杖走上舞台，举起话筒开腔道：

"各位朋友各位来宾，河湾地区的各位乡亲父老，大家好！在这个美丽的傍晚，我们要一起见证河湾地区最美的女孩——天鹅姑娘的婚礼！大家给点掌声来！"

动物们纷纷鼓掌。

观众席一角，一只河马把嘴挨到旁边那只河马的耳朵上：

"妈，你听这只癞蛤蟆嘴真贱！什么叫'河湾地区最美的女孩'？他这么一说，今年谁还敢大办婚礼？"

另一只河马欲言又止。台上的蛤蟆先生又说：

"我是今天婚礼的司仪，在开始前，我有几句话想和大家说。"

全场肃静。

"我从小啊，就听到一句俗语，或者说是传言，叫作'癞蛤蟆想吃天鹅肉'。"

大家哄笑。

"也许是受了这句话的暗示，我呀，很早就开始暗恋天鹅姑娘了。"

起哄声此起彼伏。

"今天，不仅是两位天鹅的好日子，也是我癞蛤蟆的好日子，因为我终于吃到了天鹅姑娘——"

空气凝固。

"——的喜糖！"

全场爆笑。

欢快的乐声响起，天鹅姑娘在两位黑天鹅伴娘的拥簇下，款款走上舞台，一时掌声雷动。

不远处的树枝上，杜鹃女士怀抱一只犯困的小鸟，指着台上说：

"宝贝快看，那个就是天鹅姑娘，我们这一带最漂亮的鸟。你呢？你长大了会是什么鸟？会不会也是一只天鹅啊？"

几米开外的另一根树枝上，坐着一位脸庞圆润的少年，嘴里嚼一根细草。他明镜般的瞳孔里映着舞台灯光，嘴里轻声嘟囔道：

"结婚？有意思。"

一些宾客伴着音乐陆续登台跳起舞来。那两只河马照旧蹲在原地，一只对另一只耳语道：

"咱们就别上去凑热闹了，台子压塌了不好。"

另一只河马明显脸色不悦。

观众席另一角，王八小五驮着王八小六，小六背上驮着王八小七，叽叽喳喳。

"蛤蟆老兄这是暴走了么？"

"单相思啊单相思，不在单相思中灭亡，就在单相思中爆发。"

"听说他前段时间做了心理咨询呢。"

"难道是心理咨询把他变成这样的？我记得他以前挺正常的。"

"搞不好是遇到什么江湖骗子了。"

"啧啧，我可不要变成他那样。"

"听说他的咨询师叫什么梦许来的。"

"啊，我见过她发的小广告。"

"广告发得都让你看到了，肯定不是什么好鸟。"

"就是。啧啧啧。"

晴天，梦许坐巴士颠簸了两个小时，来到城外的太乙真人庙。进到庙里，穿过来往香客，走进空无一人的偏殿，从口袋里摸出一小块金子，扔进功德箱，发出"咚"的一声闷响。

她双手合十道：

"钱给多了，今日特来找零。专程跑一趟，路费和误工费都已扣除。"

停了停，又说：

"没办法，我也不喜欢欠别人。"

那晚在睡梦中，梦许又身处救生艇上。五个黑影不再吵闹，他们彼此交换了眼神，仿佛有某种默契，纷纷转朝水面，抓过一些漂来的旧木桶、小舢板，一个个跨了上去，朝她挥挥手，仿佛在道别。之后便朝不同方向划走，消失在夜色里。

海面不远处那两根大蜡烛，烛身透出红色，照得周围一片暖意。落寞中，她愈发清晰地感受到胸前伤口作痛，便捂着它顺势躺下。只见头顶的星空在眼前缓缓旋转，四周静得出奇，星星越来越多，仿佛一个个被悄悄点亮。

她心里突然冒出一句话：如果每颗星星都是一种人生，那眼前就是所有我未曾经历过的人生了。

——这句话把她吵醒，睁开眼，仍觉得余音绕梁。

她爬起来，开了灯，仔细观察这间住了一季的卧室，仿佛第一次留意到。

雾蒙蒙的灯泡，发黄的墙纸上快要看不见的玫瑰花纹，床头柜抽屉每次拉开都有刺耳的噪音。她突然意识到还没给这个房间装过窗帘，被褥应该换成夏天的了，两箱衣服堆在角落里还没拆开，飘窗是不错的，上面放个坐垫，坐着看书应该很舒服——也许可以放两个，谁知道呢？

反正以后再听到哪个来访者说她过的是二手生活，她一定要理直气壮指出来：这是你的投射。

她推开窗户，在一阵微热的风中，听到了这个夏天第一声蝉鸣。

后　记

　　心理咨询是一件怪事。对大众而言，它如此神秘，有些地方似乎在违背大家所认为的"常识"，游走于"一门生意"和"一种情怀"（拯救、亲情、友情、人生导师）之间，仿佛有很多独一无二的运作逻辑。

　　最近十年，人们对心理咨询的好奇心空前高涨，可它又是一种很难被直接观察的事物。外行、学习者、新手，都很想知道"心理咨询到底是怎么做的"，可迄今为止一切近距离观察的尝试：教学视频录制、电视节目、公开个案、公开督导……几乎都会遭人诟病，甚至卷入伦理丑闻。

　　这几乎是对量子力学中"观察者效应"的一个极佳诠释：心理咨询这件事，只要有咨询师和来访者之外的第三者在观察，似乎就已经受到了影响，双方都觉得自己不再自然。甚至，哪怕只是出现观察的可能性，比如咨询时一方征得对方同意，放了一只录音笔在中间——咨询过程都会改变。那些向所有人开放的电视节目和直播就更不用说了，正经在学咨询的人都不会认为能从中学到什么。

如何解决这个问题？我认为虚构是一种方式。我本来准备为学习心理咨询的人写一本关于心理咨询技术的书，但又觉得他们最好能先对咨询现场有一些感性的认识。我会推荐初学者去看看美剧《扪心问诊》，在我目前接触到的虚构作品中，它算是最接近真实咨询现场的，我想很多同行也会同意这一判断。可它离"我们"的现场又有些距离：这个儒家文化与西方文化交织碰撞了一百多年的东方大国现场，这个社会福利制度远未完备以至于心理咨询师常常孤军奋战的现场，这个引入心理咨询没多久以至于它和坑蒙拐骗成为了一个"连续体"的现场，这个集体创伤在一代代人心中堆积发酵却极少被意识到的现场。

我希望这本书在读者眼中具有和《扪心问诊》相当的真实感，又比它更亲切。

在内容的选择上，我更有兴趣讨论一些不那么"典型"但会让更多人有共鸣的话题。很多对心理学一知半解的人，如果问他们"你认为心理咨询里会讨论什么？"，他们可能会立即想到抑郁症、强迫症、俄狄浦斯情结、性心理、童年创伤、人际关系模式……像教科书里写的那样。

但如果真正从事这份工作，会在现场遇到更丰富的问题。就像本书写的这几个虚构案例。它们不是教科书里会出现的典型案例，却是我们生活中更容易见到的。

所谓心理问题的"类型"是没有穷尽的，但其内核又是惊人地一致。所有内心的问题，无不是"心灵"这个精巧、脆弱、不可见的器皿，在历史和生活的巨浪中挣扎，或成长或停滞、或扭曲或回正，或破碎或复原的种种现象与故事。这些问题和生活、人生、存在息息相关，而绝不仅仅局限于疾病、症状、疗愈、康复。

这些是我想写的故事。我既不像纯粹的物理主义者那样把心灵看成是物质的分泌物，也不像一些佛教徒那样把物质世界看成自造的幻影或游戏，而是认为内在和外在都是真实存在的，它们一样重要，然后去观察它们的互动。

这本书在内容上另一个可能会让读者意外的地方，是对心理咨询师内心世界的描写，即"做咨询的时候，咨询师到底在想什么？"。

心理咨询发展历史上的一个重要的范式转换（我认为是最重要的），就是从单人视角向双人视角的转换。在单人视角下，所有受到完备训练的心理咨询师都差不多，关注点落在来访者身上：他们出了什么问题？彼此有何不同？怎样解决这些问题？这是科学研究的观察者／被观察者视角，也是医学领域的医生／病人视角。《蛤蟆先生去看心理医生》正是这一范式下的写作。

但真实的心理咨询是一种双向互动，咨询师在影响来访者，来访者也在影响咨询师，双方的心灵相互激发，共同蜕变，尽管在其中咨询师无疑承担更多责任。无视这个过程，常常是咨询师职业能力停滞不前的重要原因。在这本小说里，我希望给咨询师内心以和来访者内心同等的关注，展现这一过程。

需要说明的是，这个故事只写了七周的咨询，五位来访者同时开始、同时结束，如果把每一节咨询的对话朗读出来，会发现它们的时长参差不齐，且大部分都没有达到通常的咨询时间——

五十分钟。真实的咨询当然不是这样。每一节都会持续同样的时间。有的来访者会在一两次咨询后结束（大多数时候并没能解决问题），而我最久的来访者已经做了三百多次，其他来访者的次数介于其间。相当多来访者在咨询结束的时候，都并没有"彻底"解决所有问题，只能说是部分好转——当然，有时他们会产生"自己完全好了"的感觉。还有不少来访者的心理功能比故事里这五位弱得多，如果把现场对话记录成文字，会让读者呵欠连连……总之，至少在这些方面，这个故事并不"真实"。作为小说，我希望它清晰、简洁、生动，不要太烧脑，同时具备一定形式上的整齐感。为了做到这些，只能适当牺牲"真实性"了。

最后，感谢我的良师、挚友李瑜亮先生，他是第一个读懂这本书稿的人，他的反馈和鼓励，让我确信自己并没有走错方向。感谢我的丈夫马嘉嘉，提供了很多修改建议，并在我写作期间承担了很多家务和育儿工作。也感谢编辑方焱的认可和宝贵建议。

图书在版编目（CIP）数据

河湾心理咨询室 / 于玲娜著 . -- 北京：作家出版社，2024.7
ISBN 978-7-5212-2209-8

Ⅰ.①河… Ⅱ.①于… Ⅲ.①长篇小说－中国－当代
Ⅳ.① I247.5

中国国家版本馆 CIP 数据核字（2023）第 067519 号

河湾心理咨询室

作　　者：于玲娜
责任编辑：方　焱
装帧设计：孙惟静
出版发行：作家出版社有限公司
社　　址：北京农展馆南里 10 号　　邮　　编：100125
电话传真：86-10-65067186（发行中心及邮购部）
　　　　　86-10-65004079（总编室）
E-mail:zuojia @ zuojia.net.cn
http://www.zuojiachubanshe.com
印　　刷：北京盛通印刷股份有限公司
成品尺寸：142×210
字　　数：163 千
印　　张：7.875
版　　次：2024 年 7 月第 1 版
印　　次：2024 年 7 月第 1 次印刷
ISBN 978-7-5212-2209-8
定　　价：38.00 元